D1859396

चन्द्रकान्ता

चन्द्रकान्ता का जन्म 3 सितम्बर, 1938 को श्रीनगर, कश्मीर में हुआ। बी.ए., बी.एड. तक की शिक्षा श्रीनगर से तथा बिड़ला आर्ट्स कॉलेज, पिलानी (राजस्थान) से हिन्दी साहित्य में एम.ए.। 1967 से निरन्तर सृजनरत चन्द्रकान्ता के अब तक चौदह कहानी-संग्रह प्रकाशित हो चुके हैं। इसके अलावा चयनित एवं चर्चित कहानियों के नौ संकलन एवं समग्र कहानियाँ चार खंडों में प्रकाशित हैं। उनके प्रकाशित उपन्यास हैं—*अन्तिम साक्ष्य, अर्थांतर, बाक़ी सब ख़ैरियत है, ऐलान गली ज़िन्दा है, अपने-अपने कोणार्क, यहाँ वितस्ता बहती है, कथा सतीसर, समय-अश्व बेलगाम*। अन्य कृतियाँ हैं—*यहीं कहीं आसपास* (कविता-संग्रह); *हाशिए की इबारतें* (आत्मकथात्मक संस्मरण); *मेरे भोजपत्र* (संस्मरण एवं आलेख); *प्रश्नों के दायरे में* (साक्षात्कार)। उनकी कई कहानियों एवं उपन्यासों के विभिन्न भारतीय भाषाओं एवं अंग्रेज़ी में अनुवाद हो चुके हैं। कई विश्वविद्यालयों के हिन्दी साहित्य के पाठ्यक्रम में उनकी रचनाएँ शामिल हैं। दूरदर्शन के लिए कुछ कहानियों का फ़िल्मांकन तथा आकाशवाणी से कहानियों-उपन्यासों का धारावाहिक प्रसारण हुआ है।

उन्हें के.के. बिड़ला फाउंडेशन के 'व्यास सम्मान', हिन्दी अकादमी (दिल्ली) के 'साहित्यकार सम्मान', हरियाणा साहित्य अकादमी के 'बाबू बालमुकुंद गुप्त पुरस्कार', उ.प्र. हिन्दी संस्थान के 'महात्मा गांधी सम्मान', केन्द्रीय हिन्दी संस्थान (आगरा) के 'सुब्रह्मण्यम भारती पुरस्कार' आदि अनेक प्रतिष्ठित पुरस्कारों से सम्मानित किया गया है। डी.एस.सी. साउथ एशियन लिटरेरी प्राइज़ की शॉर्टलिस्ट में *ए स्ट्रीट इन श्रीनगर* (*ऐलान गली ज़िंदा है* का अंग्रेज़ी अनुवाद) और लॉन्गलिस्ट में द *सागा ऑफ़ सतीसर* (*कथा सतीसर* का अंग्रेज़ी अनुवाद) शामिल एवं पुरस्कृत।

ई-मेल : chandrakanta39@gmail.com

जहाँ-जहाँ क़दम पड़े

चन्द्रकान्ता

राजकमल पेपरबैक्स

राजकमल पेपरबैक्स में
पहला संस्करण : 2024

राजकमल पेपरबैक्स : उत्कृष्ट साहित्य के जनसुलभ संस्करण

राजकमल प्रकाशन प्रा. लि.
1-बी, नेताजी सुभाष मार्ग, दरियागंज
नई दिल्ली-110 002
द्वारा प्रकाशित

शाखाएँ : अशोक राजपथ, साइंस कॉलेज के सामने, पटना-800 006
पहली मंज़िल, दरबारी बिल्डिंग, महात्मा गांधी मार्ग, प्रयागराज-211 001
1, अनमोल सोराबजी सन्तुक लेन, धोबी तलाव, मरीन लाइंस, मुम्बई-400 002
वेबसाइट : www.rajkamalprakashan.com
ई-मेल : info@rajkamalprakashan.com

विकास कंप्यूटर एंड प्रिंटर्स
ट्रॉनिका सिटी-201 102
द्वारा मुद्रित

मूल्य : ₹199

JAHAN-JAHAN KADAM PADE
Travelogue by Chandrakanta

ISBN : 978-93-6086-679-2

शुरुआत से पहले

जीवन एक मुसलसल यात्रा है, कहीं हक़ीक़त कहीं फ़साना। जन्म के साथ ही शुरू हुई इस यात्रा में न हमारा कोई दख़ल है न कोई चुनाव। बस चलते जाना है पड़ाव दर पड़ाव। लेकिन मनुष्य के ज़ेहन में जो जीने का मक़सद खोजने की प्रवृत्ति है, वह इस खोज के लिए कोई-न-कोई रास्ता तलाशता ही रहता है।

आए दिन की ऊब से विराम पाने के लिए, किन्हीं अनुत्तरित प्रश्नों के उत्तर पाने के लिए, या किसी सत्य के अनुसन्धान के लिए वह कुछ छोटी-बड़ी यात्राओं को चुनता है। जिनमें चयन भी हमारा होता है और हस्तक्षेप भी।

यह सच है कि ग्लोबल हुए आज के दौर में तकनीकी और सूचना विस्फोट ने दृश्य-श्रव्य माध्यमों के संजाल बिछाकर घर बैठे ही हमें क्षेत्रीय से लेकर वैश्विक स्थलों की यात्राएँ उपलब्ध कराकर यात्रा वृत्तान्त लिखनेवालों के लिए ख़ासी चुनौतियाँ खड़ी कर दी हैं। इसके बावजूद यह सच है कि यात्रा वृत्तान्त साहित्य की एक गम्भीर विधा मानी जाती है कारण कि भ्रमण से जो अनुभव हम पाते हैं, वह न इंटरनेट दे पाता है, न बड़े-बड़े ग्रंथ। यात्रा वृत्तान्त किसी देश के भौगोलिक या राजनीतिक उपलब्धियों से ही हमें वाक़िफ़ नहीं कराता, स्थान और समय की यात्रा कराते इतिहास के जाने-अनजाने मोड़ों से गुज़ारता दृश्य जगत के साथ भीतर की यात्रा भी कराता है, स्मृतियों, स्वप्नों और उम्मीदों की यात्रा 'जहाँ-जहाँ क़दम

पड़ते हैं, वहाँ के पहाड़, मरुस्थल, सागर के अवर्णनीय सौन्दर्य को मन-मस्तिष्क में अंकित करने के साथ स्थानीय संस्कृति...वहाँ के लोगों से जुड़ी भूली हुई कहानियों, वहाँ के बाशिन्दों के दुख-दर्द और तकलीफ़ों से भी आत्मीयता से जोड़कर समृद्ध कर देता है।

छोटी-छोटी यात्राएँ कभी-कभार हमारी चेतना में दबे-ढके अनुत्तरित प्रश्नों के उत्तर प्रकाशवृत्त की तरह हमारे रू-ब-रू कर हमारी सोच को विस्तार देते हैं।

इस संग्रह में मैंने कुछ यात्राएँ लिपिबद्ध की हैं, 'जहाँ-जहाँ क़दम पड़े', मक़सद, जो देखा, उसे समझने और समझाने की चाहत। यहाँ बड़ी यात्राओं के साथ छोटे-छोटे साधारण सन्दर्भ भी हैं, जो यात्रा में असाधारण अनुभव और आनन्द के बायस बनते हैं।

'पहली बार विदेश', 'डिज़्नीलैंड की यात्रा' और 'सी वर्ल्ड' में नई दुनिया को देखने की उत्सुकता और बचपन में किताबों में पढ़ी नानी-दादी से सुनी सनसनीखेज़ कहानियों के पात्रों से साक्षात मुलाक़ातें, विगत को ज़िन्दा कर सुखद रोमांच से भर देते हैं, असम्भव को सम्भव होते देखने का आश्चर्यजनक रोमांच।

सिंगापुर एयरपोर्ट में क़दम रखते ही साफ़-सुथरा, बेदाग़, लिशकती हरियाली का कलात्मक वातावरण और इलेक्ट्रॉनिकी का जीवन्त प्रमाण, बोलनेवाली चिड़िया ध्यान खींचते हैं। बोलनेवाली चिड़िया से बतियाना, सोने के पानी को छूने का रोमांच, स्मृति की धरोहर बन जाता है।

'सी वर्ल्ड पार्क' तो पर्यावरण संरक्षण के अभूतपूर्व वातावरण से बहुत कुछ सिखाता है। पार्क के प्रवेश द्वार पर अफ्रीकी एन्वायरन्मेंटेंलिस्ट बाबा डियोम के शब्द हमारा स्वागत करते हैं, साथ में एक सीख भी थमा देते हैं—"फॉर इन द एंड वी विल कंज़र्व ओनली वॉट ली लव,/वी विल लव ओनली वॉट वी अंडरस्टैंड/एंड वी विल अंडरस्टैंड ओनली वॉट वी आर टॉह्ट।"

'सी वर्ल्ड' के स्काई राइड हिंडोलों पर बैठकर, आकाश छूते लोहे के मज़बूत खम्भों से बँधे तारों में लटकते, बे साइड के किनारे-किनारे दूर तक सागर की अपार जलराशि का थिरकना मुग्ध कर देता है। शामू स्टेडियम में दस-दस फुट ऊँची कूदें मारती भारी-भरकम व्हेल मछलियों की करवटों से पूरे स्टेडियम का जलाशय बन जाना, दर्शकों का सिर से पैर तक भीगने पर उछल-कूद कर शामू-शामू चिल्लाते भीगे कव्वों की तरह पंख झटकना, सुहानी यादों में दर्ज हो जाता है! बोतलों जैसी नाक वाली हँसती-खिलखिलाती नाजुक डॉल्फिनें पहाड़ जैसे जिस्म वाले व्हेल परिवार की पीठों पर चढ़कर तमाशें करती हैं। केयर टेकरों के कन्धे चढ़ उन्हें पानी में खींच लेती हैं, "हमसे खेलो। केयर टेकर महिलाएँ कैसे न मानें नन्हे दोस्तों की बात? पर जिद करने पर मीठी-सी डाँट भी पिलाती हैं। डाल्फिनें मन में ममता जगाती हैं, बड़ों का कहा मानती हैं। अनुशासन भी तो ज़रूरी है न?

छोटे-बड़े तालों में बेरोक-टोक थिरकती सन्तरी पंखों वाली नन्ही मछलियाँ ताल में सिन्दूरी छटा बिखेरती हैं, बच्चों के हाथों से मजे-मजे खाना लपक लेती हैं। पशु-पक्षियों से मनुष्यों की दोस्ती की जीवन्त मिसाल है, सी वर्ल्ड। विदा वेला में व्हेल परिवार का सिर झुकाकर दर्शकों को आदाब करना, बाबा डियोम के पर्यावरण प्रेम और मनुष्य और खूँखार जीवों का प्यार भरा रिश्ता भिगो देता है।

'मानव तुम सुन्दरतम' के गुमान में हम तो भूल ही गए हैं कि देखनेवाली आँख और महसूस करनेवाला मन हो, तो असुन्दर और भयावह भी प्यार के क़ाबिल हो जाता है।

सियोल से सैनफ्रांसिस्को के बीच पलक झपकते समय का बदलना, दिन-रात का क्रम गड़बड़ा जाना पहली बार तो चकित करता है। प्रकृति का भूगोल कुछ-कुछ जानते भी प्रसाद की ऊषा नागरी और निराला की सन्ध्या सुन्दरी के आवागमन में फ़र्क़ की

तुक अजीब लगती है। यात्रा में अजीब का अनुभव भी होता है और प्रकृति के अनुपम सौन्दर्य का भी।

'योसिमिटी पार्क' के प्राकृतिक वैभव से अभिभूत होकर जॉन म्यूर ने इसे, 'ग्रैंडेस्ट ऑफ़ ऑल द स्पेशल टेम्पल्ज़ ऑफ़ नेचर' कहा है। चट्टानी सीना ताने अजेय 'नगपति विशाल', उन कद्दावर गर्वोन्नत पहाड़ों की संधों से फूटकर, झर-झर बहते झरनों और बेशुमार फॉल्ज़, को वातावरण गुंजाता सुनना नायाब अनुभव है।

आकाश छूते हाफ़डोम और ग्रेनाइट क्लिप्स! यहाँ के निवासी गर्व से सीना ताने कहते हैं, "सदियों से इन शिखरों पर किसी मानव के पैर नहीं पड़े।"

लेकिन मनुष्य की अजेय ऊर्जा की मिसाल, जार्ज एंडरसन ने इस चुनौती को स्वीकार किया और 1875 में पहली बार 'हाफडोम' के शिखर पर मानव के पैर पड़े।

हर यात्रा वृत्तान्त सोचने को प्रेरित करता है। चुनौतियाँ स्वीकार करने के लिए दृढ़ निश्चय, विभिन्न प्रदेशों की सांस्कृतिक धरोहरों की स्मृतियों को लिपिबद्ध कर जेनुइन इतिहास रचना, साधारण में असाधारण खोजने की कोशिश तो रहती ही है। साथ ही तेज़ी से बदलते समय व स्थितियों की गति को थामकर विश्लेषित करने का प्रयास भी। विस्थापितों के संघर्षों और हाशिए के लोगों के अनकहे सच को उजागर करना। क्या जो दिखता है, वही अन्तिम सच है?

अरसा बीतने के बाद भी विदेशों में रहने-बसनेवाले भारतीय दो नावों पर सवार क्यों हैं? भीतर भारतीय बाहर अमेरिकी?

क्या यह दो भिन्न संस्कृतियों के बीच का फ़र्क़ है जो उनकी ज़िन्दगी में तनाव का बायस बन गया है?

काठमांडू की यात्रा प्रदेश के अभिभूत करनेवाले सौन्दर्य से मोह लेती है, दूसरी ओर राजनीतिक षड्यंत्रों और व्यवस्था के दुश्चक्र में फँसे आम जन के विरोध से भी वाक़िफ़ कराती है।

'जगन्नाथ धाम की यात्रा', कई सुनी-अनसुनी ऐतिहासिक-पौराणिक कहानियों-किंवदंतियों से प्रभावित करती है सबर जाति की खोज 'नील माधव', जगन्नाथ' जन-जन के दुख हरते हैं। सबर जाति के सेवक जका ने उन्हें ढूँढ़कर पूजा है। रथ यात्रा के दिनों जगन्नाथ ख़ुद को सबर जाति के लोगों के हाथ सौंपते हैं, भगवान का भोग भी वही लगाते हैं और सभी वर्गों के लोग प्रसाद मानकर श्रद्धा से उसे ग्रहण करते हैं। लेकिन मन्दिर में अहिन्दुओं को प्रवेश करने की इजाज़त नहीं है। पंडों-पुरोहितों का राज है वहाँ। पंडों-पुरोहितों की रीति-नीति की असलियत से वाक़िफ़ होना भी वहाँ की यात्रा से ही सम्भव हो सकता है और होता भी है।

—चन्द्रकान्ता

क्रम

बाहर अमेरिकी भीतर भारतीय

ईस्ट कोस्ट से वेस्ट कोस्ट तक की अमेरिका-यात्रा के दौरान छह प्रदेशों में सप्ताह-सप्ताह भर रुकने की योजना बनी थी, पर 'शारलेट', नॉर्थ कैरोलाइना में ही पन्द्रह दिन रुकना पढ़ा। भैया ग्रीनस्बरो हवाई अड्डे पर कार लेकर लेने आए। बच्चे उत्सुकता से हमारी प्रतीक्षा कर रहे थे। अमेरिका में जन्मे-पले बच्चों को अपने घर में भारत से आए आंटी-अंकल का स्वागत करने का मौक़ा मिल रहा था। वे बेहद ख़ुश थे। माँ तो हमें देखकर भाव-विह्वल हो गई। वह बार-बार हमारा माथा चूमती, बाल सहलाती बतियाती रही। अमेरिका में बसे हमारे परिवारजन हमारा स्वागत कुछ अलग ढंग से करना चाहते थे, जिसमें कई नई जगहों की सैर शामिल थी। ढेर सारी बातें थीं, बिना पूछे भी उनके वहाँ बस जाने के कारणों के सोदाहरण उत्तर थे।

लम्बे-चौड़े हरियाये लॉन, पॉपुलर और डागवुड के आकाश छूते पेड़ों के बीच, सुस्ताता, उनका उनाबी फूलों वाले क्रीपर से सजा़ परी महल-सा घर, काँच की आदमक़द खिड़कियों-दरवाज़ों से हमें भीतर आने को आमंत्रित कर रहा था। जेटलैग से मुक्त होने के लिए हमें सिर्फ़ एक दिन घर में रिलैक्स करने की इजाज़त दी गई और पहले से तय किये गए प्रोग्राम के मुताबिक़ वे हमें कई जगह घुमाने के लिए निकल पड़े।

दाएँ-बाएँ सतरंगी फूलों का फैलाव और लम्बे ऊँचे सघन वृक्षों की पहरेदारी बीच नागिन-सी लिश्कदार सड़कों पर कार जैसे पानी पर नाव फिसल रही

हो। साउथ कैरोलाइना की सीमा पर बने, 'कैरोविंड्स कैम्पग्राउंड में पूरा दिन घूमते हम बच्चों की तरह छोटे-बड़े खेलों में शामिल होते रहे। कैरोविंड्स' आकार में छोटा, डिज़नीलैंड समझिए। पाइरेट आइलैंड में, ब्लैक बियर्ड का प्रतिशोध देखने, आतंक और गोलीबारी के माहौल में बैठे बच्चों के साथ बड़े-बूढ़े भी शामिल थे। साथ बैठे उम्रदराज़ लोगों की उत्सुकता देखकर सुखद सा अहसास हुआ कि यहाँ जीवन का भरपूर आनन्द उठाने में उम्र बाधक नहीं होती। ग़ैरज़रूरी हिचक, सामाजिक अवरोध और उम्र को लेकर किसी हीन भावना के लिए यहाँ कोई जगह नहीं। 'रिप टाइड रीफ़', में 'पाइपलाइन ट्यूब स्लाइड्स' की वृहत्ताकार नीली पाइप में घुसकर, हलकोरे लेते रबर बोटों में फिसलकर ट्यूब से बाहर निकल आने का रोमांच ग़ज़ब का था, भय और उत्सुकता एक साथ! दिल ज़ोर से धक-धक करता रहा, पर हार मानकर कौन अपनी भद्द उड़ाता? बच्चे, 'हाय हो, दिस इज़ फ़न', चिल्ला-चिल्ला, झरनों की शक्ल में बहते पानी पर उछलती छोटी डोंगी नुमा नावों पर, बाँहें पकड़कर हमें बिठाते रहे। हम आपके साथ बोट में बैठेंगे, रोलरकोस्टर पर तो मैं ही आंटी के साथ बैठूँगा, तुम तो डरपोक डिली हो, बच्चे हमारे साथ बैठकर राइड लेने के लिए आपस में झगड़ने लगे। पानी की बौछारों बीच बचते उछलते, हम बच्चों की प्यार भरी नोक-झोंक की आत्मीयता से सराबोर हो उठे। भूख लगी तो बच्चों ने मैकडोनल्ड में चिकन नगेट, बर्गर ऑर्डर किये, किसी ने फ्रेंच फ्राइज़ और कोक-पेप्सी, कोई स्ट्राबरी-ग्रेप्स पैकेट की तरफ़ लपक गया। जो मन हो खा लो, इधर कोई रूल रेगुलेशन नहीं। पिकनिक है भई! एंज्वाय!

खान-पान की शुद्धता, साफ़-सुथरे माहौल और भीड़ के अनुशासन की सराहना करते मन में टीस सी उठी, कि हम अपने भारत में तमाम प्रगति के बावजूद, अभी भी जगह-जगह उखड़ी-पुखड़ी गड्ढेदार सड़कों पर चलते हैं। वातावरण में ट्रकों-बसों का धुआँ और जगह-जगह गन्दगी के ढेरों बीच जीना हमारी नियति हो गई है।

लेकिन तमाम ताम-झाम के बावजूद उन्होंने अपने चौगिर्द अमेरिका में

बसे भारतीयों का घेरा बना दिया था, (भारतीय होने का सुरक्षा कवच?) जिनके साथ वे अपने सुख-दुख, बोली-बानी और स्मृतियों के कोष साझा किया करते। दीप के दोस्त प्रतिभा और सन्दीप तीसेक वर्षों से अमेरिका में रहते हैं, भाइयों जैसा स्नेह है। पहले वॉशिंगटन में नौकरी करते थे, अब दोनों परिवार शारलेट में आए हैं। वे लोग काफ़ी आत्मीयता से मिले, घर बुलाकर मराठी खाना खिलाया। श्रीखंड बनाना वे भूले नहीं हैं। उनके घर में ओड़िसा के जगन्नाथ की कलात्मक मूर्तियाँ और कश्मीर की अखरोटी लकड़ी का नक़्क़ाशीदार फ़र्नीचर देखा। घर के भीतर पूरी भारतीय धज। दीप के भारतीय मित्र मिलने आए तो गले में बाँहें डालकर अपनापा जताया। लगा कि वहाँ के तमाम सुख-सुविधाओं के बीच भी अपनेपन की सोंध की कमी खटकती है। अमेरिका में यों तो रंगभेद का बहिष्कार है, पर भारतीय-अमेरिकी यह भी जानते हैं कि वहाँ की तमाम सुविधाओं के हक़दार होने के बावजूद वे इंडियन अमेरिकन ही हैं, वहाँ की सभ्यता-संस्कृति, (जो कि भिन्न देशियों की मिली-जुली आचार संहिता है) उसमें वे शामिल नहीं हैं। लोग शालीन हैं, दोस्ती भी निभाते हैं, हर व्यक्ति को अपना स्पेस देते हैं। अच्छा काम करने पर बॉस पीठ भी थपथपाता है, पर ज़रा सी चूक होने पर बात का बतंगड़ या कहिए राई का पहाड़ भी बना देता है। वही ग़लती अगर उधर का व्यक्ति करे तो शायद थोड़ा समझा-बुझा कर बात को टाल दिया जाता।

इसके अलावा भी भारतीय वहाँ की जीवन शैली और विचारधारा को पूरी तरह से आत्मसात नहीं कर पाता। काफ़ी कुछ इतना भिन्न, कहीं-कहीं हमारे संस्कारों के विरुद्ध सोच देख-समझकर भारतीय मानस उखड़ जाता है! कहाँ वह ठेठ हिन्दुस्तानी गप्प गोष्ठियाँ, धौल-धप्पे, छत तोड़ ठहाके, और दूसरों के मामलों में टाँग अड़ाने की हद तक हमदर्दी और भाईचारा दर्शाने का खाँटी तरीक़ा और कहाँ हाय हेल्लो और दबे-दबे स्वर से हाऊ आर यू? ख़ास दोस्ती हुई तो जन्मदिन पर केक या कार्ड भेज दिया। बहुत हुआ तो बीच पर एक वीकएंड साथ बिताया। 'टु ईच हिज़ ओन'! सबके सुख-दुख नितान्त निजी, बेहद व्यक्तिगत! वीकएंड पर किसी लड़की से रोमांस के

बाद औपचारिक बाय-बाय। अपने यहाँ तो भूमंडलीकरण की हवा पहुँचने के बावजूद आज भी प्यार में लड़की लैला और लड़का मजनू हो जाता है। कुछ देर दीवानगी के आलम में सराबोर रहना किसी से प्यार होने का प्रमाण माना जाता है और उधर? जैसे 'हरी घास पर क्षण-भर' लेटकर आसमान में पंख तौलते दो पाँखियों को देखा, सराहा और फिर कपड़े झाड़कर अपने-अपने काम पर चल दिये! हमेशा व्यस्त रहना और व्यस्त दिखना अमेरिकी सभ्यता है। अपन भारतीय तो लाख कामकाजी हों, फ़ुरसत के लम्हों को सामाजिक परिप्रेक्ष्य देने के लिए तरसते हैं। अमेरिकी जहाँ वीकएंड महज़ अपने लिए सुरक्षित रखता है, भारतीय अपनों को ढूँढ़ता-तलाशता है। दीप के अमेरिकी दोस्त जेनिस और जॉन, वीक एंडपर, कैम्पर में, सपरिवार कैम्पिंग के लिए जाते हैं। कभी ओपन कार में पोर्टेबल बोट लेकर तैराकी का प्रोग्राम बनाते हैं। नई-नई जगहें देखना, नये खेल सीखना, नये शौक़ों को पूरा करना आम अमेरिकी का नशा है। बूढ़ों के लिए ओल्ड होम हैं, जन्मदिन या नये वर्ष पर उन्हें कार्ड भेज दिया, या समय मिले तो, मिलने चले गए, कोई छोटी-मोटी भेंट लेकर। एक विचित्र-सी तटस्थता हर रिश्ते में! बच्चे किशोर हो गए तो अपने शौक़ पूरे करने के लिए ख़ुद पार्ट टाइम नौकरी कर धन इकट्ठा कर लेंगे। माता-पिता अपने शौक़ पूरे करेंगे, बच्चे पन्द्रह-सोलह साल के बाद अपने खर्चे आप उठाएँगे, चाहे किसी स्टोर पर ख़रीदारों का बिल बनाकर या किसी रेस्तराँ में पीत्ज़ा बनाकर! जेनिस की चौदह साल की बेटी औरलैंडो जाना चाहती है, पैसे चाहिए, तो दिन में तीन-चार घंटे बेबी सिटिंग करके पैसा इकट्ठा करती है।

पर भारतीय अमेरिकी के साथ ऐसी मजबूरी नहीं है। वह अपने भारतीय संस्कारों को सहज ही छोड़ नहीं सकता। यहाँ भी ताउम्र बच्चों की पढ़ाई और शौक़ों के लिए, खटना, वह अपना धार्मिक और नैतिक दायित्व मानता है, और बच्चों की शादी होने तक उन पर लगभग छाया रहता है। बच्चों पर इस रीति-नीति का प्रभाव पड़ता ही है! वे बाहर अमेरिकी और घर में हिन्दुस्तानी बनकर दुहरी मानसिकता में जीते हैं। मम्मी-डैडी से उम्मीदें रखते हैं, फ़रमाइशें

करते हैं, जबकि अमेरिकी युवा ख़ुद श्रम करके अपनी ज़रूरतों के लिए धन कमाता है और बहुत जल्दी आत्मनिर्भर रहना सीख लेता है।

इसके अलावा भारतीय-अमेरिकी बच्चों को भारतीय संस्कारिता का शीरा पिलाना भूलता नहीं। आज़ाद दुनिया की स्वच्छन्दताओं से बचाने की हर सम्भव कोशिशों में अपने साथ बच्चों को भी तनावग्रस्त करता है। बच्चे बाहर और घर के भीतर की भिन्न-भिन्न आचार संहिताओं और, नैतिकता के प्रतिमानों को एक साथ स्वीकार नहीं पाते, और अक्सर दुविधाग्रस्त और दुहरी मानसिकता के शिकार हो जाते हैं। संजय इन्हें ए बी सी डी कहता है (अमेरिकन बॉर्न, कन्फ़्यूज़्ड देसीज़) एक तरफ़ से शायद भाग्यशाली, दूसरी तरफ़ से तनावग्रस्त! दो राहों पर खड़े भौचक्क!

ज्योति अमेरिका में जन्मी, पली, हाल में ही डॉक्टर हो गई है। माँ-पापा हिन्दुस्तानी वर ढूँढ़ते खासे परेशान हुए जा रहे हैं। हमसे पूछा, "तुम्हारी नज़र में कोई डॉक्टर लड़का है, जो अमेरिका में बसना चाहे, हम यहाँ उसकी आगे की पढ़ाई का ख़र्चा भी उठाएँगे।" ज्योति से पूछा तो वह माँ-पापा का लिहाज़ करते हुए भी दबे-दबे ग़ुस्से से बोली—"आंटी, अमेरिकी लड़कों में क्या ख़राबी है? आख़िर मैं भी तो अमेरिकी हूँ?" उसे लगता है माँ-पापा उसके साथ ज़्यादती कर रहे हैं। मम्मा उसके युवा होने के बाद भी अमेरिकी लड़कों से डेटिंग के लिए उसे मना करती रही, हमारे यहाँ यह ग़लत है, वह ग़लत है कहकर! लड़कियाँ वीकएंड पर अपने बॉय फ्रेंड्स के साथ डेटिंग के लिए जाती थीं, तो उसे लड़कियों के साथ घूमते देख मज़ाक़ उड़ातीं, क्या तुझे कोई लड़का नहीं मिला?

अब उसे अपने एक नीग्रो सहपाठी से दोस्ती हो गई है, तो माँ-पापा के होश गुम हो गए हैं। कहाँ सफ़ेद चमड़ी से भय और कहाँ सात फुटी नीग्रो!

नैनसी राय बेलाग बात करती है, 'आंटी, मम्मा-डैडी हमें प्यार करते हैं, हमारी हर डिमांड पूरी करते हैं, पर हमें अपना साथी चुनने के लिए अकेला नहीं छोड़ती। सेक्स को लेकर हंगामा खड़ा करते हैं। इधर तो यह सब नेचुरल है। आफ्टर ऑल, वी हैव टु फाइंड हसबैंड फ़ॉर अवर सेल्वज़!

लेकिन यहाँ राय साहब बेटी के लिए हसबैंड की तलाश में जुटे हैं। मिसेज़ राय अभी भी सोचती हैं कि कोई हिन्दुस्तानी लड़का मिलता तो वे गंगा नहातीं, यह जानते हुए भी कि गंगा पैसेफिक ओशन से काफ़ी दूर बहती है।

शिकागो में नलिनी पंडित अपने इर्द-गिर्द के माहौल से सन्तुष्ट दिखीं। उनके डॉक्टर पति के पास दीन-जहान की दौलत है, पैसा, पद, शोहरत! बच्चे एम.आई.टी. और स्टेनफ़ोर्ड जैसे मशहूर और महँगे संस्थानों में पढ़ रहे हैं, लेकिन उनकी भी कोई रग बराबर दुखती रहती है। उनकी बेटी शैला बड़ी प्यारी लड़की है, माँ-पापा का आदर करती है, उनसे फ़ालतू बहस नहीं करती। नलिनी जी समझ नहीं पातीं कि बेटी की हर ख़्वाहिश पूरी करने के बावजूद उसने हाई स्कूल में हेडमिस्ट्रस से शिकायत क्यों की थी कि मेरे माँ-पापा मुझे अपने मनचाहे ढंग से जीने नहीं देते। वह वाक़या नलिनी जी भूल नहीं पातीं। भूले भी कैसे? उस बदलिहाज़ हेडमिस्ट्रस ने स्कूल में बुलाकर उसे जो चेतावनी दी, कि अमेरिकी सिटिज़न होकर आप बच्चों पर ज़ोर-ज़बरदस्ती नहीं कर सकते, आप पर मुक़दमा दायर किया जा सकता है। वह क्या कम बेइज़्ज़ती की बात थी? नलिनी और डॉक्टर पर क्या गुज़री होगी उस वक़्त, इसका अन्दाज़ा लगाना हमारे लिए मुश्किल नहीं था।

पूछने पर शैला ने एक ही बात कही, "मम्मा-पापा ने मुझे बहुत कुछ दिया, पर आज़ादी नहीं दी।"

आज़ादी हमारा जन्म सिद्ध अधिकार है, नलिनी जी जानती हैं पर बेटी के लिए आज़ादी के मायने क्या थे, यह समझने में वह चूक गई थीं।

वॉशिंगटन में रवि राव से मिलकर लगा कि अमेरिका में बसे भारतीय, अपने अतीत में जिए गए समय में फ्रीज़ हो गए हैं, तभी शायद वे बच्चों के सोच और व्यवहार के प्रति कुछ ज़्यादा ही शंकित रहते हैं। पिछले बीसेक वर्षों में भारत ड्रेस सेंस से लेकर आचार-विचार में कितना कुछ बदल गया है, इसे जानते हुए भी वे अपने बीते समय को कसकर थामे हुए हैं। संजय के दोस्त रवि ने हमारे पाँव छुए तो ज़रा अटपटा महसूस करने के बावजूद लगा

कि विदेश में अपने भारतीय संस्कारों को बचाए रखकर वे, वहाँ के कुकी कटर कल्चर से अलग अपनी पहचान बचाए रखना चाहते हैं। यों युवा वर्ग में पाँव छूने की रस्म तो अपने यहाँ भी बीती बात होती जा रही है। रवि के बुक रैक में ढेर सारी टेक्निकल पुस्तकों के बीच धर्मवीर भारती का उपन्यास, सूरज का सातवाँ घोड़ा, और नीरज की कविताएँ देखकर ख़ुशी हुई। सुघड़ और मृदुभाषी है रवि, पर पिताजी की नज़र में नहीं, क्योंकि वह सुलक्षणा से शादी करना चाहता है, जो उनकी नज़र में एक तो बिरादरी बाहर, ऊपर से छोटे कुल-गोत्र की है! हम चकित, इसमें ग़लत क्या है? उसकी अपनी ज़िन्दगी है, पूछे बिना न रह पाए। राव साहब का जवाब हाज़िर—"इस विदेशी भूमि पर रहकर हमें अपनी सभ्यता और संस्कृति की रक्षा करनी है। ज़्यादा छूट बड़े बेटे को दें तो इनके छोटे भाई-बहन हमारी सुनेंगे? किसी भी ऐरे-गैरे के चक्कर में पड़कर कुछ भी कर लेंगे...!"

संस्कृति, सभ्यता, देशी नैतिकता और विदेशी भूमि का आकर्षण! बड़ा गड्डमड्ड-सा लगा राव साहब का सोच और रवैया!

लेकिन सैन फ्रांसिस्को में मिसेज़ अग्रवाल काफ़ी उदार लगी। उनके बेटे ने एक फ्रेंच लड़की से शादी की है। उन्होंने कोई एतराज़ नहीं किया। पोशाक और खान-पान में भी वे अमेरिकी रंग-ढंग अपना चुकी हैं। पर वहाँ भी सब सुखसान नज़र नहीं आया। नील दुखी सा लगा, पूछा—मारिया के साथ ख़ुश हो न? तो जैसे भरे ग़ुब्बारे में पिन चुभो दी।—ख़ुश तो हूँ आंटी पर मारिया अब जल्दी मुझे छोड़कर जानेवाली है।"

अरे, क्या हुआ? तुमने तो प्रेम विवाह किया है। फिर इतनी अच्छी आधुनिक विचारों की मम्मी पाई है जो तुम्हें बेहद प्यार करती है।"

—प्यार तो ठीक है, पर मारिया अपने ढंग से जीना चाहती है। कहती है, "मम्मा ज़्यादा पोज़ेसिव है, हमें अकेला नहीं छोड़ती।"

मारिया अपनी जगह ग़लत भी नहीं है, उनके मम्मा-पापा सोलह साल के बच्चों के साथ चिपके नहीं रहते। मारिया वन रूम अपार्टमेंट लेकर दे रही है पर श्रीमती अग्रवाल तमाम सुविधाएँ देने के बावजूद भी परदेस में अकेले

नहीं रहना चाहती। "एक ही तो बेटा है, इस पराए देश में मेरे भाई-बंद भी तो नहीं।"

क्या पता उन्हें अकेलेपन से डर लगता है या अन्तिम समय बेटे के हाथ से दो बूँद जल न मिलने की त्रासद आशंका घेरे रहती है। कितना बदल सकता है माँ का वत्सल मन? बेटा-बहू दुत्कार रहे हैं, पर माँ समझना नहीं चाहती।

फ्रीमांट कैलिफ़ोर्निया में कौल परिवार ने अकेलेपन का इलाज खोज लिया है। पिक्चरस्क पहाड़ी के ऊपर सुआपंखी हरियाली के बीच दूर-दूर तक फैले परीमहलों जैसे सुन्दर घर, जिनमें कई घर उनके मामा-चाचा और देवर-जेठों के हैं, पूरा मुहल्ला ही मुझे वहाँ हिन्दुस्तानी बन्धुओं का नज़र आया। तीसेक वर्षों से वहाँ रहते कौल परिवार के सदस्य न दमालू, यख़नी, रोगनजोश बनाना-खिलाना भूल पाए हैं, और न कश्मीरी कहवा। होली-दीवाली नवरोज़ एक साथ मनाते हैं। विदेश में भी एक छोटा-सा भारत देश बसाया है, अपना खान-पान, अपने पर्व-त्योहार!

न्यूजर्सी में माहौल थोड़ा भिन्न है। इसे, 'गार्डन स्टेट' कहा जाता है, पर इधर क्रूड ऑयल की डिस्टिलेशन करके पेट्रोल वग़ैरह बनाने के कारख़ानों के कारण चिमनियों से उठता धुआँ वातावरण को दूषित करता है। इसीलिए शायद इसे, 'आर्मपिट ऑफ़ अमेरिका' भी कहा जाता है। संजय ने कहा, भारतीयों को यहाँ, 'डॉट बस्टर्स' कहते हैं। अमेरिकी इन्हें यहाँ पसन्द नहीं करते। सुनकर थोड़ा धक्का लगा। जया ने पता नहीं किसका बचाव सा करते कहा--दीदी, इधर अनेक भारतीय व्यापारी बस गए हैं, समझो, न्यूजर्सी के व्यापार पर हावी हो रहे हैं। ज़ाहिर है यहाँ के निवासियों की नौकरियों और काम के अवसरों पर असर पड़ा है। कुछ मध्यवर्गीय व्यापारियों का रहन-सहन और ग्रोसरी स्टोर्स भी अमेरिकी स्टैंडर्ड के हिसाब से, ज़्यादा साफ़-सुथरे नहीं हैं।

विनोद ने जोड़ा—मैं तो इसकी वजह 'बिज़िनेस राइवलरी' मानता हूँ, यहाँ रोज़मर्रा की ज़रूरतों के स्टोर्स, पंजाबी और दक्षिण भारतीय स्वाद के रेस्तराँ ही नहीं हैं, हिन्दोस्तानी डॉक्टर-इंजीनियर और टेक्नोक्रैट्स भी काफ़ी तादाद में हैं। आम भारतीय यहाँ श्रम करता है, ज़्यादा पैसा कमाता और कम खर्चता

है। पीछे भारत में छूटे माँ-बाप, भाई-बन्धुओं को भी तो डॉलर्स भेजने होते हैं।

मन नहीं माना, बात का रुख़ बदलकर पूछा, तो क्या तुम लोग बिन्दी इसी डर से नहीं लगाते, कि राह चलते कोई तुम लोगों को डॉट बस्टर्स कहकर अनादर न करे?

— नहीं, ऐसा अक्सर नहीं होता, पर ऐसा होने का मौक़ा ही क्यों दिया जाए?

— फिर तुम इस तरह के तनाव भरे माहौल में क्यों रहते हो?

मेरे सवाल का कोई सटीक जवाब उनके पास नहीं था।

— अब कई सालों से यहीं रह रहे हैं, बच्चे यहीं हुए, पले, बढ़े और कई सुविधाओं के आदी हो गए। उन्हें भारत ले जाते हैं तो वे अपनों से मिलकर ख़ुश तो होते हैं पर उधर चौतरफ़ा फैली गन्दगी, पोल्यूशन से अक्सर बीमार पड़ जाते हैं। एम्मी को पिछली बार ज़बरदस्त डायरिया हो गया था...।

— जया जीव विज्ञान में डॉक्ट्रेट है। विदेश आई तो छिटपुट नौकरियों, प्रयोगशालाओं में पार्ट टाइम काम के अलावा कोई मनपसन्द काम नहीं मिला। सो एक अमेरिकी दोस्त के साथ रेस्तराँ खोला। वहाँ पीत्ज़ा, बर्गर के साथ कुछ भारतीय पकवान भी परोसती है। अब अच्छी-ख़ासी आमदनी होती है। सबर्ब में घर लिया है, आधुनिक सुविधाओं से लैस। सामने ख़ूबसूरत लॉन है, जिसे पति-पत्नी छुट्टी के दिन मो कर तराश लेते हैं। जया के पास डैटसन है, विनोद के पास निसान कार!। बेटी को 'बाग़' लेकर दी है। एम्मी का रंग-ढंग अमेरिकी लड़कियों जैसा ही है, पर माँ शिकागो, और वाशिंगटन में बसे दोस्तों-रिश्तेदारों से सम्पर्क बनाए है। वही, बेटी के लिए भारतीय-अमेरिकी वर की तलाश?

— शीला जी काफ़ी संजीदा लगीं, बर्कले यूनिवर्सिटी में प्रोफ़ेसर हैं, छात्रों को भारतीय भाषाएँ सिखाती हैं। पति इंजीनियर हैं, बेटा आर्किटेक्ट! बर्कले की घुमावदार पहाड़ियों पर ओक और सफेदों

की घनी छाँह में सुस्ताते से अपने दुमंज़िले घर में उनने गर्मजोशी से हमारा स्वागत किया। हरियाली से ढके मुँदे, कहीं भूरे कहीं सफ़ेद ढलवाँ छतों वाले ख़ूबसूरत घर! मुझे गुलमर्ग याद आ गया।—वाह, कितना सुन्दर घर है! मैंने तारीफ़ की।

— काँच की पारदर्शी दीवार के पार चीड़ के दरख़्त ओढ़े पहाड़ियों के पीछे डूबते सूरज को देखते, जाने क्या सोचती सी शीला जी बोलीं, "पच्चीस साल हो गए हमें यहाँ रहते, पर कभी घर जैसा नहीं लगा। मैं लगभग हर साल भारत जाती हूँ। वहाँ अपनी गलियों में अपने पुराने संगी-साथियों से मिलकर लौटती हूँ 'जस्ट फ़ॉर इमोशनल रीचार्ज!'

— इमोशनल रीचार्ज शायद वॉशिंगटन में रहती राधिका के लिए भी ज़रूरी है, पर वह वर्षों घर नहीं जा पाती। एक सच यह भी है कि वहाँ रहते सभी भारतीय इतने धनवान नहीं हैं कि अपने परिवारों की ज़रूरतें भी पूरी कर सकें और आने-जाने का भारी ख़र्चा वहन कर, साल-दो साल में अपने माता-पिता और भाई बन्धुओं के सुख-दुख में शामिल हो सकें। क़रीब छह वर्षों से वह घर नहीं जा पाई है। इस बीच उसके पिता गुज़र गए, माँ बेटी को देखने जान मुट्ठी में रोके बैठी है। मैंने राधिका से पूछा, माँ की याद नहीं आती? वह ईमानदार लहज़े में बोली, "दीदी, सुबह छह बजे बिस्तर छोड़ती हूँ। एक कप दूध हलक़ में डाल, दो घंटा ड्राइव कर वर्क प्लेस पहुँचती हूँ, घर लौटते शाम के सात आठ बज जाते हैं। लौटते ही घर और बच्चों की ज़रूरतें पूरी करने में जुट जाती हूँ! रात दस बजे तक थककर चूर हो जाती हूँ, तब तख़्ता हुई कमर सीधी करने के लिए नींद के सिवा और कोई ख़्वाहिश बची नही रहती...।"

— शनि-रविवार को घर की साफ़-सफ़ाई, लॉन मोइंग वग़ैरह में निकल जाता है। सच पूछो तो 'इट्ज़ गेटिंग लांगर एंड लांगर नाउ'!

— उसकी आवाज़ में कैसी तो विरक्ति महसूस हुई। पूछा नहीं, मशीन

बनकर जीने के लिए ही क्या तुम अपनों को छोड़कर इधर रहने आई थी?

— न्यूयार्क की चैम्बर स्ट्रीट में ग्यारहवीं मंज़िल के वन रूम अपार्टमेंट में रहती, नीता भी ज़्यादा ख़ुश नहीं दिखी। उसकी माँ ने मेरे हाथ बेटी के लिए कुछ उपहार भेजे थे, आग्रह किया था ख़ुद उसके अपार्टमेंट में जाकर दे देना, "देखोगी कैसे रहती है, मुझे तो कुछ बताती नहीं।"

— माँ का भेजा हाथ से बुना सिल्वर ग्रे स्कार्फ़ देखकर वह भावुक हो गई। खिड़की के काँच से बाहर, दूर सागर बीच खड़े लिबर्टी स्टेचू और एलिस आइलैंड की इमारत को देखते वह भरे गले से बोली—"आंटी! कभी सोचती हूँ, क्यों आई इधर? अपनों से दूर अकेली पत्थरों के इस जंगल में। क्या खोया और क्या पाया? तब एलिस आइलैंड पर डूबते सूरज की लालिमा में, सालों पहले अनेक यात्रियों की क़तार नावों पर सवार नज़र आती है, कहाँ-कहाँ से आकर लोग इस द्वीप पर उतरे, उन्हें काम चाहिए था, वे बेघर थे, आक्रमणकारी नहीं थे आंटी, उन्हें जीने के लिए आसरा चाहिए था।

— मेरे पास मेरा घर था, अपना देश था। लेकिन मुझे अपने देश ने क्या दिया? मैं एक अच्छी, 'एथलीट' थी, पर कुछ तमग़ों के अलावा एक टुच्ची सी क्लर्की के सिवा मेरे पास क्या था? अभावों से जूझती ज़िन्दगी! पापा मुझे बेटा कहते थे, पर मैं मामूली कमाई से उनकी आर्थिक समस्याओं को हल नहीं कर पाती थी। यहाँ आई तो कम-से-कम अच्छे पैसे कमाकर उन्हें भेजती हूँ। एक ही तसल्ली है कि मम्मी-पापा की कुछ उम्मीदें पूरी कर पा रही हूँ।"

— तुम्हारा अपना भविष्य? कोई जीवनसाथी? मैंने पूछा।

— चालीस के आसपास पहुँची लड़की यहाँ, "रैग कहलाती है।"

— वह उदासी झटककर मेरे लिए कॉफ़ी बना लाई!

— अनेक दास्तानें हैं भारतीय अमेरिकों की। सुविधाएँ, आकर्षण और

विडम्बनाएँ साथ-साथ! आर्थिक आकर्षण, साफ़-सुथरे माहौल में, अपनी आज़ाद आकांक्षाओं को जीने और मनचाहा हासिल करने का स्वप्न! सामाजिक-नैतिक हिदायतों से दूर, ज़िन्दगी को परत-दर-परत खोलने की तमन्ना और ख़ुद को साबित करने की कोशिश! दूसरी ओर, स्वतंत्रता और स्वच्छन्दता के अनिवार्य परिणामों से उपजी समस्याएँ! एक भिन्न और नितान्त वैयक्तिक, अपने खोल में बन्द ज़िन्दगी पहले तो लुभाती है, बाद में बाल-बच्चे होने पर वही मुक्त और स्वच्छन्द दुनिया आशंकाओं और आतंक से त्रस्त करने लगती है। भारतीय पुरुष अपने लिए कोई सीमाएँ नहीं मानता, पर पत्नी, बहन, बेटी को पराए मर्दों के साथ मिलते-घुलते देख आशंकित हो उठता है। वही, सदियों पहले स्त्री के लिए तय की गई आचार संहिताएँ, लक्ष्मण रेखाएँ! माँएँ बेटों को तो माफ़ कर देती हैं, पर बेटियों को सफ़ेद चमड़ी से डेटिंग करते, इश्क़ लड़ाते देख ज़हर खाने की स्थिति में आने लगती हैं। शुक्र है वक़्त के बदलाव के साथ नैतिकताओं की परिभाषा भी बदलने लगी है, पर विचारों का दोगलापन विदेशों में भी मुश्किल से छूटता है। नतीजन, नई पीढ़ी विदेशी वातावरण में न देसी रह पाती है और न विदेशी। दुविधाग्रस्त! एक तरफ़ घर का लाड़-प्यार, बिन माँगी सुविधाएँ, दूसरी तरफ़ निजी जीवन में अमेरिकी स्वतंत्रता से वंचित! अस्पष्ट विचारों और अवरुद्ध मन:स्थिति वाली पीढ़ी। बाहर अमेरिकी घर में भारतीय!

— ज्योति, एम्मा और डॉली की जवान पीढ़ी असमंजस में है। बड़ों से प्रश्न पूछती है, शिकायतें करती है और अपने ढंग से जीने का हक़ भी माँगती है। आख़िर वे अमेरिकी हैं!

— बच्चों से अलग, बूढ़ों की समस्याएँ भी कम विकट नहीं हैं। भारतीय अमेरिकी अपने बुज़ुर्गों को घर में छोड़कर विदेश में बस गए, पर अपनों के मोह से बिंधे रहे। दूरियों की वजह से घरवालों के सुख-दुख में अक्सर शरीक नहीं हो पाते, होली-दीवाली, शादी, उत्सवों

पर, भेंट-उपहार भेजकर अपने जुड़ाव को बनाए रखते हैं। बच्चों के लिए भारतीय साथी ढूँढ़कर उन्हें अपनी जड़ों से बाँधे रखने की कोशिश करते हैं, जो अक्सर कारगर नहीं होतीं। अमेरिकी आकर्षणों से प्रभावित होने के बावजूद वे यहाँ की मशीनी ज़िन्दगी के पुर्ज़े होकर रहने से ख़ुद को बचाने की फ़िक्र में रहते हैं, शायद इसी वजह से भारतीय वहाँ एक दूसरे के क़रीब भी हैं, पर बूढ़े होकर उन्हें दुहरा अकेलापन झेलना पड़ता है। बच्चे नौकरियों के लिए उनसे दूर चले जाते हैं तो एक भयावह अकेलापन उन्हें ग्रस लेता है। प्रदेश में दूसरा प्रदेश उग आता है।

— शायद यह नियति होती है एक-दो पीढ़ियों की कि वे दो नावों पर पैर रखकर जीवन यात्रा करने को अभिशप्त होते हैं, जबकि वे अच्छी तरह जानते हैं कि देर-सवेर एक रास्ता चुनना ही होगा।

— विदेशी भूमि पर न्यूयार्क, शिकागो, नॉर्थ कैरोलाइना, कैलिफ़ोर्निया आदि जगहों पर मन्दिर, मस्जिदें, और गुरुद्वारे देखे, जिनमें भारतीय-अमेरिकी भजन-पूजन, यज्ञ आदि के अलावा जनेऊ, मुंडन और शादी-ब्याह के संस्कार भी भारतीय विधि-विधान से करते हैं और अपनी संस्कृति एवं परम्परा को बचाए रखने की कोशिश करते हैं। एक-दो पीढ़ी तक तो यह निभ सकता है, पर आगे?

— आगे तो उन्हें अमेरिकी जीवन-शैली अपनाकर भारतीयता का मोह छोड़ना ही पड़ेगा। बक़ौल मिसेज़ अग्रवाल, वहाँ की मिट्टी में जज़्ब होकर शायद अपनी पहचान खोकर नये समाज में जीना पड़ेगा। जहाँ न माँएँ बच्चों के लिए भारतीय वर-वधू ढूँढ़ेंगी, और न फ्री सेक्स डेटिंग का विरोध कर, एड्स का डर दिखा नैतिकता का पाठ पढ़ाएँगी। अभी संक्रमण काल ही है। विदेश की चकाचौंध में जीते भारतीय अमेरिका में जन्मे बच्चों को तमाम सुख-सुविधाएँ मुहय्या कर अपनी अधूरी इच्छाओं को उनमें पूर्ण होते देखकर सन्तुष्ट होते हैं। तनाव भी कई हैं। दीप के शब्दों में कहें तो, 'जो पहले

महत्त्वपूर्ण लगता था, उम्र बढ़ने के साथ उतना ज़रूरी नहीं लगता।' यानी युवावस्था में आज़ाद दुनिया का आकर्षण, कि विकसित देश में आकाश के तारे तोड़ लेंगे, सब कुछ सम्भव होगा वहाँ, यानी कि एक भरपूर ज़िन्दगी!

— फ़िलहाल अपने इर्द-गिर्द तामझाम जुटाते, विकासशील देश की सुविधाएँ भोगते, और पीछे छूटे स्वजनों-बन्धुओं को याद करते, वे विदेश में ख़ुद को ख़र्च करते जी रहे हैं, अपनी ज़मीन से जुड़े रहने के लिए पारम्परिक विश्वास अगली पीढ़ी को सौंपते हुए। जब तक सम्भव हो तब तक। अपनों से कटने का दर्द कितना पीड़ाजनक होता है, इसका अहसास तब हुआ जब विदा के समय माँ ने कहा, "तुम लोगों की याद आती है तो उस टेकरी पर बैठकर तुम्हें ज़ोर से पुकारती हूँ। तुम मेरी आवाज़ सुनते हो न?"

— इति!

पहली बार विदेश

20 अप्रैल, 1992 : सिंगापुर एयरलाइंस से दिल्ली से सैन फ्रांसिस्को के लिए रवाना! मैं, डॉ. विशिन और हमारा सात वर्षीय नाती अनुभव! डॉ. विशिन तो जर्मनी, रूस आदि कई जगहों पर गए हैं, जर्मनी में तो उन्होंने फ़ार्मेसी में पी-एच.डी. की है, लेकिन अमेरिका की, यह हमारी पहली ही यात्रा है, लम्बी यात्रा! विमान पर क़दम रखते ही, बेटे संजय से मिलने का आह्लाद, नई अजानी दुनिया देखने की उत्सुकता और अजनबी प्रदेशों में अप्रत्याशित बाधाओं से जुड़ी आशंकाएँ भी हमारे साथ हो लीं।

धरती से आकाश की ओर उड़ान भरते हम स्काई स्क्रेपरों बीच फैले सड़कों के जाल और पेड़-पौधों के हरियल विस्तार के माइक्रोस्कोपिक व्यू देखते, रुई के ढेरों-ढेर बादलों में घुस आए। यान में बादलों के ऊपर तरन्नुम से बहती लिद्दर नदी-सी शहनाई की मद्धम धुन, चुस्ती को नज़ाकत से सँभालती एयर होस्टेस की आवाजाही और ब्रेकफास्ट-लंच की खटखट के बीच वक़्त चुराकर मैं आकाश और बादलों के बदलते रंग देखती रही। खिड़की से लगी सीट पर बैठा अनुभव, सामने लगे छोटे स्क्रीन पर टॉम एंड जेरी, मिक्की माउस और डोनाल्ड डक देखते, बीच-बीच में खिड़की के काँच से मुँह-नाक सटा, बाहर के भागते दृश्यों का मुआयना भी कर लेता। डॉ. साहब तो प्लेन की ग्राउंड स्पीड, ज़मीन से ऊँचाई और भीतर-बाहर के तापमान का जायज़ा लेने में मसरूफ लगे।

सिंगापुर! सिंगापुर का हवाई अड्डा! साफ़-सुथरेपन के साथ कलात्मक! दुकानों पर दुनिया-भर के लेटेस्ट माल, इलेक्ट्रॉनिक सामान और चाक-चौबन्द

अनुशासन! यहाँ-वहाँ पत्थरों के चौपालों के बीच उग आए झरनों के इर्द-गिर्द पाम, क्रोटन और कोलियस की बेहतरीन क़िस्में!

जलती-बुझती रोशनियों के बीच घूमते चक्कों पर बैठे घोड़ों पर ख़ूब सवारी की। बोलनेवाले दरख़्त को उत्सुकता और आश्चर्य से सुनता अनुभव, ज़हीन बच्चा है। बचपन से इलेक्ट्रॉनिक खिलौनों से खेला है। शायद इसीलिए बटन दबा-दबा कर पेड़ों से सवालों के जवाब माँगता रहा। मुझे नानी से सुनी कहानी 'बोलनेवाला पेड़, गानेवाली चिड़िया और सोने का पानी' याद आ गई। तकनीकी ने नानी-दादी की कहानियों को सच और साकार कर दिया है, चिड़िया, तोते, सुग्गे, वन मैनाएँ व क़िस्म-क़िस्म के पाँखी तो पहले भी गाते थे, पेड़-पौधों की भाषा भी कई लोग जानते थे, पर सोने का पानी लाने के लिए सात समन्दर और दुर्गम पहाड़ों को पार कर दूर अनजाने देश जाना पड़ता था। रास्ते में बेशुमार बाधाएँ थीं।

भयंकर जंगल और राक्षसों के आतंक! और पीछे मुड़कर देखना मना। कोई-कोई ही वहाँ जाने की सोच पाता।

आज हमारे बच्चे सोने के पानी की खोज में सुदूर देश जा रहे हैं, विकसित देशों में, जहाँ शायद सोने के पानी के ताल हैं। वे पीछे मुड़कर नहीं देखते, क्योंकि तब वे बीच राह ही पत्थर बन सकते हैं, अपने गंतव्य तक कैसे पहुँच पाएँगे?

एयरपोर्ट से ही बस लेकर हम नगर-दर्शन के लिए निकल पड़े। आठ घंटे रुकना है यहाँ। सोचा, क्यों न समय का सदुपयोग करें!

सिंगापुर संस्कृतियों को जीता शहर लगा। एक तरफ़ प्रगति के चरम को छूती तकनीकी का कमाल, आकाश छूती विशाल इमारतें, लिश्कती-चमकती तारकोली सड़कें, क़रीने से सजी दुल्हनों से मॉल, बेदाग़ सुआपंखी हरियाली और दूसरी ओर दिल्ली के जनपथ का-सा पटरी बाज़ार। ढलवाँ छतों वाले इकमंज़िला-दुमंज़िला घर, क़तारों में खड़े, एक-दूसरे से सटे। सिर पर रूमाल बाँधे, किमोनो पहने चीनी औरतें। सूखी मछलियाँ और नूडल्ज़ से लेकर, मेड इन चाइना लेबल देख माल ख़रीदती महिलाएँ।

पटरियों पर छोटे-छोटे हथठेलों पर लटकती मालाएँ व छोटा-मोटा घरेलू सामान!

चीनी लोग अपनी सांस्कृतिक गरिमा से तुष्ट होने के बावजूद बदलते समय से कहीं भी पीछे नहीं! यह बात आश्चर्य जगाती है। इसी ओर हमने साउथ इंडियन मन्दिर देखा। मन्दिर में कुछ मद्रासी भद्रजन मिले, जो कई पीढ़ियों से सिंगापुर में बस गए हैं। विभिन्न धंधों में लगे ये लोग अपने रीति-रिवाजों, धार्मिक आस्थाओं और भाषा को बचाए रखे हैं, उनसे बात करना अच्छा लगा। सिओल में प्लेन तेल भरने के लिए आधा घंटा रुका। यहाँ के हवाई अड्डे पर यात्रियों की सुविधा के लिए क़दम-क़दम पर कर्मचारी आवश्यक सूचनाएँ व निर्देश देते रहे। हर सहायता के लिए तत्पर कर्मचारियों की चुस्ती और विनम्रता देख, अनायास ही अपने यहाँ के कर्मचारियों की फुरसती भंगिमाएँ और ढीली-ढाली व्यवस्थाएँ ज़ेहन में कौंध गईं।

सिओल से सैन फ्रांसिस्को के बीच समय तेज़ी से बदलता रहा। दिन-रात जैसे गड़बड़ा गए। प्रसाद की उषा नागरी और निराला की सन्ध्या सुन्दरी में फ़र्क़ करना मुश्किल लगा। अम्बर पनघट में कौन 'ताराघट' डुबो रही है और कौन मेघमय आसमान से परी-सी धीरे-धीरे उतर रही है। मैं सुनहरी-काली किनारियों वाले धौले और आतशी बादलों को सुरमई रंगों में ढलते देखती रही। उस अदृश्य चित्रकार की कलाकृति मुझे हमेशा मुग्ध और अभिभूत करती रही है, जो आसमान के कैनवस को अपनी कूची से मनपसन्द रंग भर उसे एक विराट कलाकृति में तब्दील करता है।

मैं डॉ. विशिन को वे रंग दिखाना चाहती थी, पर वे नन्हे अनुभव को ब्रह्मांड की भौतिकी समझा रहे थे। वहाँ असंख्य ग्रह-नक्षत्र थे, जिनमें अरबों-खरबों जीव-जन्तु सक्रिय थे। वैज्ञानिक जानकारियाँ थीं। ऐसे में निराला की यह कलात्मक अभिव्यक्ति कि 'एक अव्यक्त शब्द-सा चुप, चुप, चुप है गूँज रहा सब कहीं,' उन्हें भावुकता ही लगती।

हम दो जनों का देखना-सोचना दो ध्रुवों पर बैठा है। शुक्र है हमने कमोबेश एक लम्बा साथ निभाया है और अभी भी ठीक-ठीक ही निभ रहा है।

21 अप्रैल, 1922 हम दिन के चार बजे सैन फ्रांसिस्को हवाई अड्डे पर उतरे हैं। यहाँ भी बेदाग़ सफ़ाई-सुथराई और चुस्त अनुशासन। कंक्रीट के बीच हरियाली उगाने का गुर और यात्रियों को ख़रीद दारी के लिए ललचाने का मनोविज्ञान कोई अमेरिकियों से सीखे। यहाँ भी दुकानों पर यात्री कुछ-न-कुछ ख़रीदारी करते नज़र आए। एक छोटी-सी 'की चेन' से लेकर महँगे इलेक्ट्रॉनिक सामान तक। कुछ नहीं तो विभिन्न शहरों के नामों व लोगोज़ वाले टी-शर्ट ही सही। इस ख़रीदारी के पीछे ज़रूरत है या महज़ शौक़? मुझे डेविड ब्रुक्स की किताब, 'व्हाई द अमेरिका विल ऑलवेज़ बी रिच' याद आई। डेविड कहते हैं, 'दुनिया-भर का माल अमेरिका में उपलब्ध है, मेसी से लेकर के मार्ट तक! हर छोटे-बड़े मॉल में, 'एनवायरनमेंट ऑफ़ एबेडेंस' बहुतायत का वातावरण तैयार किया जाता है। सेल और बल्क में बिकता माल लोगों को ख़रीदारी के लिए उकसाता है। अमेरिका का हर व्यक्ति ख़रीद-फ़रोख़्त में ख़ुद को दूसरे से धनी समझता है। लेकिन उनकी इस आदत के पीछे श्रम करने की आदत है, कमाओ और ख़र्चो। कोई भी काम उनके लिए छोटा नहीं।

और अपने यहाँ औसत लोगों के पास न क्रय शक्ति है और न श्रम के प्रति निष्ठा। तुलना न करने की मंशा के बावजूद मन में बात कौंध गई।

चेकिंग-रिपोर्टिंग, वीज़ा आदि की औपचारिकताएँ पूरी करते भी आँखें निकास के गेट पर लगी रहीं। बेटे को खोजने-पाने की अकुलाहट बेचैन करने लगी। ट्रॉली में सामान भर बाहरी लाउंज की ओर बड़े तो संजय क्यू में खड़ा इन्तज़ार करता नज़र आया। अनुभव ने दूर से ही देखकर मामू को पहचाना। नई जगह, अपरिचित लोग, अनजाना देश, यहाँ आदमी ख़ुद को कितना असहाय और अकेला महसूस करता है, यह पहली बार शिद्दत से जाना। बेटा गले मिला तो सारी चिन्ताएँ और थकान दूर हो गई। बेटा थोड़ा सुस्त नज़र आया, माँओं की नज़र! संजय ने हँसकर कहा, 'माँ, इधर दस पाउंड वज़न बढ़ा है मेरा। अब हफ़्ते में दो-तीन बार सॉकर खेलना होगा।'

बेटे से मिलकर डॉ. विशिन की आवाज़ में चहक भर आई और निसंग दिखने की कोशिश के बावजूद आँखें भीग गईं!

घर पहुँचने से पहले ही संजय हमें रेस्तराँ ले गया, 'रास्ते में तो तुम भूखे ही रहे होगे। प्लेन में जैसा खाना परोसते हैं, वह तो न हमारे स्वाद का, न पसन्द का।' उसने मेक्सिकन राजमा-चावल, तन्दूरी चिकन, फ्रेंच फ्राइज़ और ढेर सारा हरा सलाद मँगाया। आइसक्रीम तो अनुभव की पहली पसन्द है ही!

संजय ने हमारे लिए अपार्टमेंट किराए पर लिया है। सभी सुविधाएँ हैं यहाँ। रात देर तक बातें की, साल भर की बातें, एक दिन में तो पूरी नहीं हो सकतीं। संजय ने हमारे लिए घूमने-फिरने, नई ख़ूबसूरत और हैरतअंगेज़, जगहें देखने के लिए ख़ासी असरदार योजना बनाई है, जिसमें वाल्ट डिज़नी के उर्वरक मस्तिष्क की उपज डिज़नीलैंड की सैर, अनुभव की प्राथमिकता है, चिल्ड्रेंस बुक्स में पढ़ी मिक्की-मिनी, डोनाल्ड डक, बेबी डायनासोर और ढेर सारे कार्टूनों की कारस्तानियों को आँखों से देखने-मिलने की उत्सुकता चरम पर है।

'फ़ोटो भी ले सकते हैं न मिक्की के साथ मामू?'

'हाँ-हाँ, ज़रूर, मिन्नी के साथ भी!'

'स्पेस माउंटेन, स्टार स्टारट्रैक भी देखेंगे...'

अजब-ग़ज़ब, अनसुनी दास्तानें अगले दिनों के लिए मुल्तवी कर हम जेटलैग से बोझिल काया को विश्राम देने बिस्तरों पर पसर गए।

डिज़नीलैंड

मिक्की की दुनिया में एक यादगार दिन!

मिक्की माउस, मिन्नी माउस, डोनाल्ड डक, रॉकी और उनके ढेर सारे दोस्तों व परी कथाओं के बेशुमार पात्रों की जीवंत दुनिया, डिज़नीलैंड! जिनकी जादुई करामातों व स्वप्निल मेहराबों में शामिल है रोमांचक यात्राओं और साहसिक अभियानों के आश्चर्यजनक क्लैडियास्कोपी रंग! इन रंगों से सराबोर होने को हर उम्र के लोग उतावले रहते हैं! हमें कैलिफ़ोर्निया जाने का अवसर मिला तो भला हम क्यों यह नायाब मौक़ा चूक जाते?

सो एक सुहावने दिन हम सैन फ्रांसिस्को से अनाइहैम के लिए रवाना हुए। अनाइहैम, जहाँ वाल्ट डिज़नी ने एक जादुई दुनिया को धरती पर उतारा है।

रात होटल हार्वर्ड जॉनसन में बिताकर, अलस्सुबह नहा-धोकर तैयार हुए और आठ बजे के क़रीब डिज़नीलैंड पहुँच गए।

अब वाल्ट डिज़नी के उर्वरक मस्तिष्क की आश्चर्यजनक उपज डिज़नीलैंड हमारे सामने है। एक बार विश्वास नहीं आया, क्या सचमुच? सैन फ्रांसिस्को में हमारी दोस्त सिंडी ने कहा था, गोकि आज हर अमेरिकी बच्चे की छोटी-सी दुनिया पर डिज़नीलैंड के कार्टून हावी हैं, पर हर बच्चा इतना भाग्यशाली नहीं है कि मिक्की-मिन्नी से हाथ मिला सके।

हम लोग शायद ज़्यादा भाग्यशाली थे। नन्हा अनुभव तो अपनी उत्सुक आँखों को घुमा-फिरा अपने कार्टूनों को ढूँढ़ रहा था और हज़ारहा प्रश्नों से उतावलापन दिखा रहा था। निंजा टर्टल भी होंगे वहाँ? माइकल एंजिलो,

लियानाडो, मपेट बेबीज़, बेबी डायनासोर? और डोनाल्ड डक के भतीजे ह्यूयी, ड्यूयी, और फ्यूयी?

डिज़नीलैंड टाउन में कई मीलों में फैला है डिज़नीलैंड पार्क। लगभग पूरे विश्व के बच्चों का सपना! वाल्ट डिज़नी की काल्पनिक दुनिया, जो बच्चों से लेकर बूढ़ों तक के लिए खेलकूद, मनोरंजन, साहसिक अभियानों और पुरानी से लेकर नवीनतम जानकारियों से अटी पड़ी हैं। इतना कुछ है देखने को कि हफ़्तों देखते रहो, तो भी काफ़ी कुछ अनदेखा रहे।

पहली नज़र में ही यहाँ की व्यवस्था, अनुशासन और जन सुविधाएँ प्रभावित करती हैं। हर शो के लिए अलग-अलग पंक्तियाँ! मजाल है कोई पंक्ति तोड़कर आगे निकल जाए धरती से कुकुरमुत्ते की तरह फूटकर कर्मचारी उसे डिज़नीलैंड पार्क से बाहर कर देंगे। आप मिक्की माउस की नगरी में मौज-मस्ती के लिए आए हैं, तो आइए, आपका स्वागत है, पर गड़बड़ी की इजाज़त नहीं है। मुख्य प्रवेश द्वार पर मिक्की की मुस्कराती तसवीर आपका स्वागत करती है!

आप भी आइए न हमारे साथ! पहले इधर, यहाँ से डिज़नीलैंड में प्रवेश के लिए पासपोर्ट (टिकट) लें। एक दिन के लिए बड़े पच्चीस डॉलर और पचास सेंट दें, तीन से ग्यारह साल के बच्चे बीस डॉलर और पचास सेंट दीजिए। तीन साल से छोटे बच्चों के सिए कोई शुल्क नहीं। बूढ़ों के लिए भी सुविधाएँ हैं। काउंटर पर सभी जानकारियाँ उपलब्ध हैं। इस पासपोर्ट से आप डिज़नीलैंड के हर शो, हर अभियान में शामिल होने को स्वतंत्र हैं। अन्दर कोई टिकट नहीं लगेगा। इधर से डिज़नीलैंड पार्क का एक मानचित्र ले लिया?

यह आकर्षणस्थल आठ खंडों में बँटा हुआ है। अनेक आकर्षण! क्या-क्या देखिएगा?

इधर मेन स्ट्रीट से शुरू करते हैं। यहाँ भीतर प्रवेश करने से पहले की भूमिकाएँ, हिदायतें, सुविधाएँ, आदि दर्ज हैं। बच्चों के लिए स्ट्रोलर, बूढ़ों के लिए व्हील चेयर, सामान रखने के लिए लॉकर्स, बैंक, बेबी सेंटर्स! जगह-जगह बच्चों के डायपर्स बदलने के इन्तज़ाम। वाह! हम तो क़ायल हो गए भई!

भीतर क़दम रखते ही लगता है जैसे समय अतीत में लौट गया। हाँक-हाँक करता फ़ायर इंजन का पहला मॉडल धुआँ उगल रहा है। घोड़ागाड़ी पर बैठकर लोग सवारी का आनन्द उठा रहे हैं। इधर वालों के लिए घोड़ागाड़ी-सी अजूबा चीज़ और क्या हो सकती है?

हमारे यहाँ तो आज भी राजधानी दिल्ली की सड़कों पर कभी-कभार ताँगा दौड़ता है।

चलिए, आगे बढ़ें।

यह अमेरिका की पहली कार देखिए, चार पहियों और छप्पर-सी छत वाली चौड़ी चकली-सी चीज़! ऐसी ही थी पहली कार? अमेरिकी बच्चे हैरानी से देख रहे हैं। उनने जो रोलसराय, डैटसन, ब्लैक बक, मर्सडीज़, निसान आदि जैसी सुन्दर सलीकेदार कारें देखी हैं, आश्चर्य तो होगा ही!

वह उधर ओमनी बस जा रही है। इस डबल डेकर बस पर चढ़कर टाउन स्क्वायर से सेंट्रल प्लाज़ा तक घूमकर आ सकते हैं और डिज़नीलैंड का सरसरी नज़ारा लूट सकते हैं।

इधर देखिए—यह डिज़नीलैंड रेलरोड है। इस पर पुराने फ़ैशन की भाप से चलनेवाली छुक-छुक रेलगाड़ी में बच्चे, बूढ़े, युवा बैठकर पार्क का चक्कर लगा रहे हैं। जगह-जगह पर स्टॉप हैं! चाहें तो न्यू ऑरलीन स्क्वायर, टुमारो लैंड या फ़ैंटेसी लैंड पर उतर जाइए। पैदल कितना चलेंगे?

वह देखिए, वह विशाल तोप! पहली-पहली तोप ऐसी ही थी, अब तो मिसाइलों का ज़माना है। पर यह डिज़नीलैंड है, यहाँ पुरातन भी उतना ही आश्चर्यजनक है, जितना नवीनतम! दोनों का हैरतअंगेज़ मिलाप!

जगह-जगह सिनेमा हॉल और थियेटर हैं। यहाँ मिक्की माउस के अन्वेषक वाल्ट डिज़नी और अमेरिका के सोलहवें राष्ट्रपति लिंकन के साथ थोड़ा समय बिता सकते हैं। मेन स्ट्रीट में छह अलग-अलग पर्दों पर आप मिक्की माउस और उसके साथियों की कार्टूनी दुनिया में विचरण कर सकते हैं, वक्त है आपके पास?

फ़िलहाल इधर आइए। इस पेनी आर्केड में, पेनी, निकल और डाइम जैसे छोटे पैसे देकर खेल खेलिए, इनाम जीतिए। क्या पता, आपके भाग्य में कोई बड़ा पुरस्कार लिखा हो? आज़माइए।

ख़रीदारी करेंगे? अभी नहीं। पहले घूम आएँ, दुकानें तो जगह-जगह मिलेंगी। हर स्क्वायर में दुकानें हैं, रेस्तराँ और वॉशरूम तो हैं ही!

बाएँ-बाएँ चलने पर पहले आता है 'एडवेंचर लैंड'। इधर 'टिकी रूम', में संगीत की मोहक धुनों पर पशु-पक्षी और फूलों को झूमते देखिए। हमने सुना तो था कि संगीत का प्रभाव पशु-पक्षी और वनस्पतियों पर होता है पर देखा इधर ही। देखो तो, वे हाथी कैसे सूँड़ हिला-हिलाकर झूम रहे हैं। कमाल है भई! संगीत की धुनों पर थिरकती प्रकृति!

'जंगल क्रूज़' में संसार-भर की नदियों में रोमांचक सैर का आनन्द लीजिए। भीगने से डरिएगा नहीं। लकड़ी की नावों, शिकारों पर हिचकोले, धक्के खाते आनन्द लीजिए। कहीं ऊबड़-खाबड़, ढोक-चट्टानों के बीच झरनों की धारों में बहिए, कहीं ऊँट के कुहानों-सी पहाड़ियों के बीच बल खाती, कहीं अचानक घुमाव लेकर आपको चौंकाती, छलछल पानी की बौछारों में नहलाती, नदियों के साहसिक अभियानों में शामिल होइए। वो देखिए, ऊपर से पानी धारों में बहकर अटैक कर रहा है। उई, इधर तो बेक़ाबू प्रपात हमें नाव समेत बहने का न्योता दे रहा है। बच्चे-बड़े सभी चहक रहे हैं, ख़ुशी से चीख़-चिल्ला रहे हैं, डगमगाती, हिचकोले खाती नावें कैसे अपने साथ पर्यटकों को बहाए जा रही है! नन्हा अनुभव ख़ुशी से उछल रहा है—मैं और भीगूँगा। अरे वाह! यह हमारे बस की बात है क्या? ऊपर से पानी का झरना कब कहाँ गिरे, इसकी किसी को जानकारी है क्या?

आपादमस्तक भीगे साहसिक यात्री परमानन्द की स्थिति में हैं। ऊह, आह, वाऊ की आवाज़ें लहरों के पगलाए उफान से मिलकर अजब-ग़ज़ब समाँ बाँधती हैं—दिस इज़ फ़न! रीयल फ़न! आया न मज़ा?

इस आतंक भरे सुख से किसको मज़ा आया, किसकी हड्डी पसलियाँ चटक-फटककर टूटने से बच गईं, इसका हिसाब रखने की फ़ुरसत किसे थी?

लोग स्विस फ़ैमिली ट्री की ओर चल दिये।

यह पेड़ के ऊपर जो घर बना है, यह रॉबिन्सन क्रूसो ने बनाया था, जब साहसी अभियान के दौरान एक परित्यक्त द्वीप पर उसका जहाज़ टूट गया था। रॉबिन्सन क्रूसो की कहानी तो मालूम होगी आपको। यहाँ आप चाहें तो सफ़ारी शर्ट, हैट या चमड़े की जैकेट ख़रीद लीजिए। कभी किसी सामुद्रिक अभियान में जाएँ तो पहन लीजिए, रॉबिन्सन क्रूसो याद आ जाएँगे, उनकी हिम्मत, आत्मविश्वास, और संघर्ष गाथा साथ चलेगी।

भूख लगी? चलते-चलते तो भई भूख लगती ही है। इधर जो जगह-जगह रेस्तराँ बने हैं, आपकी सेवा के लिए ही तो! एडवेंचर लैंड का पाइन एप्पल जूस ख़ासा स्वादिष्ट है, ट्राई कीजिए। इधर श्रिंप, भाप से पकी माछ और भुने मुर्गे भी हैं, मसालेदार बार बेक्यू...। शाकाहारी हैं? कोई फ़िक्र की बात नहीं। फ्रेंच फ्राइज़ और वेजिटेबल पैटीज़ लीजिए। सभी कुछ हाज़िर है।

जल्दी क़दम बढ़ाइए, अभी तो शुरुआत ही हुई है। उधर आगे न्यू आरलींज़ स्क्वायर की तरफ़ चलते हैं। शोज़ तो बेशुमार हैं, सभी देखना मुमकिन नहीं। सबसे पहले देखते हैं, 'पाइरेट्स ऑफ़ द कैरिबियन'। यह डिज़नीलैंड का बड़ा रोमांचक और सनसनीख़ेज़ शो है। इधर गुफा के बीच बहती नदी में नावों पर सवार होकर समुद्री डाकुओं की दुनिया में आइए। अँधेरी गुफाओं में नावें भी आहिस्ता-आहिस्ता, लगभग निःशब्द डोलती आगे बढ़ती हैं। साँस रोके यात्री चौतरफ़ा के घुप्प अँधेरों में, कहीं लालटेनों, कहीं जलते अलावों के पास, ताक में बैठे ख़ूँख़ार डाकुओं को देखकर सहम रहे हैं। भयानक चेहरे, बीभत्स मुद्राएँ, हाथों में नेज़े-भाले, राइफ़ल्स और दिल दहलानेवाली बीभत्स हँसी! बहते पानियों के किनारे जगरमगर द्वीप-सा टीला नज़र आ रहा है, जिस पर बैठे समुद्री डाकू लूटे हुए माल का आपस में बँटवारा कर रहे हैं। देखो तो कितना सोना-चाँदी इकट्ठा कर रखा है! ओ गॉड! ये भयंकर लगते डाकू तो यात्रियों को लूटने-मारने की ताक में बैठे हैं!

ऊपर पुल पर दो भद्दे चेहरे वाले डाकू देखे? शराब की बोतल हाथ में लिये कैसे झूम-झूम कर गा रहे हैं। हे भगवान! इधर ये काले भूत जैसे डाकू

कैसी धुआँधार गोलियाँ बरसा रहे हैं। किसी जहाज़ पर आक्रमण हो रहा है। कैसी तो चीख़-पुकार मची है। लोग तट की ओर लपकते गिरते-पड़ते अधबीच ही गोलियों के शिकार हो रहे हैं। यात्री अपनी नावों में सिमटकर बैठ गए हैं। साँस रोककर, जैसे उनकी साँसों की आवाज़ भी डाकुओं को उनका पता बता देगी! अरे रे यह कौन हमारी नाव उलटाने लगा है? अँधेरे में चेहरे नहीं, काले साये नज़र आ रहे हैं।

इश्श! चुप्प! चुप बैठिए, देखिए, नौका तेज़ी से आगे सरक गई है! डाकू वापस तट की ओर लपक गए हैं। कोई दूसरा शिकार दिखा क्या?

उफ़! कितना भयानक है सब कुछ, फिर भी यात्री दम साधे दाएँ-बाएँ बैठे हैं। क्या पता कब कौन-सी बला सिर पर आ गिरे। आतंक में भी कैसा सुख है, इसे इधर आकर ही महसूस किया जा सकता है। लीजिए, गुफा के दूसरे सिरे से रौशनी की शहतीर भीतर आ रही है। लगता है हमारा द्वीप आ गया।

अब नाव से उतर जाइए, धड़कते दिल को सँभाल लीजिए! यह तो इब्तदाए इश्क़ है, आगे-आगे देखते जाइएगा।

चलिए, अब चलते हैं, हांटिड मेंशन की तरफ़। बाहर क्यू में खड़े ही लगता है, भीतर जाने के बाद वापस लौटना नहीं होगा! बाईं तरफ़ की पहाड़ी पर क़ब्रिस्तान है। वह क़ब्र देखिए, लिखा है, दादा जी की क़ब्र, इधर, नानी, वहाँ जॉन, पास में चार्ली...। जाने कितने लोग सोए पड़े हैं इन क़ब्रों में! दाईं पहाड़ी के ऊपर सदियों पुरानी लकड़ी की भुसी खपच्चियों से बने भुतहा घर में देखें क्या हो रहा है। अरे, कैसा अट्टहास-सा सुनाई पड़ रहा है। नौ सौ निन्यानबे भूत आपस में बतिया रहे हैं। एक भूत हमारा स्वागत कर रहा है—आइए! आपका स्वागत है। यानी अगला नम्बर आपका! फँस गए मायाजाल में! ओ माँ! कैसे ख़ुश हो रहे हैं ये भूत, हमें अपनी प्रेत टोली में शामिल करने के लिए! भय की झुरझुरी रीढ़ की हड्डी को सनसनाती गुज़र जा रही है!

पर घबराइए मत। भूतों के घर में आए हैं, तो हिम्मत मत हारिए। हाँ दिल के मरीज़ हैं तो बाहर ही रहिए। भूत घर के प्रवेश द्वार पर लिखी चेतावनी

पढ़ी न? कमज़ोर दिल वालों के लिए प्रवेश वर्जित है। फ़ालतू में क़ब्रों का इज़ाफ़ा होगा यहाँ!

आप तो बड़े साहसी हैं तो आइए, इधर दो-दो सीटों वाली ट्रेन नुमा गाड़ियों में बैठकर मृतकों की दुनिया में घूम आएँ। दो जने साथ बैठिए, कहीं अकेला पाकर कोई मनचला प्रेत आपसे चिपट न जाए। दाएँ-बाएँ दूर तक फैला है यह भूत बने मृतकों का संसार! उधर देखिए, उस क़ब्र में से हैट पहने एक प्रेत यकायक खड़ा होकर हमें घूरने लगा है। अरे रे, यह लम्बा हड़ियल हाथ मेरे कपड़े क्यों खींच रहा है? बाबा रे किस मुसीबत में फँस गए!

इधर देखिए, सामने शीशे की दीवार में अपना डरा हुआ चेहरा दिखाई पड़ रहा है। यह आप दो के बीच हड़ियल खोपड़ी कहाँ से आकर बैठ गई? अपनी सीट पर देखिए। शीशे में साफ़ दिख रहा है। नन्हा अनुभव चिल्ला रहा है—'माँ, पापा! आपके बीच में टोपी वाला भूत बैठा है।'

— क्या कहा, भूत?

— छूकर देखा, कहाँ? कोई तो नहीं है।

— आँखों का धोखा? वहम? मज़ाक़।

— भूलो मत, यह भूत घर है!

— इधर भूतों का रचा-बसा संसार अपनी हँसी, ग़मी में मसरूफ़, उधर उस तरफ़ बड़े हॉल में नृत्य और संगीत! संगीत की धुनों पर थिरकते प्रेत, सफ़ेद लम्बे चोग़े हवा में फरफराते, शादी का भोज, पीना-पिलाना! एक प्रेत तो पियानो पर धुत्त औंधे मुँह पड़ा है? आय-हाय, इनके पाँव उलटे कैसे हो गए? दिल थाम लें, कहीं बैठ ही न जाए!

— चलिए, अब खुली हवा में साँस लें। जान बची लाखों पाए। लेकिन, कितनी रोमांचक थी यह प्रेतों की दुनिया! वाल्ट डिज़नी भूतों के सामाजिक पक्ष को दिखाना भी न भूले। आख़िर वहम, विश्वास, स्वप्न, यथार्थ, कल्पना, सभी तो जीवन में अपनी जगह बनाए हुए हैं, उनसे क्या डरना?

— डिज़नीलैंड में स्थितियों के रू-ब-रू होकर, उन्हें वैज्ञानिक दृष्टि से देखने की सीख मिलती है! भूतघर से बाहर साबुत निकलने पर विश्वास होने लगता है कि प्रेत जानलेवा नहीं होते, अगर उनका अस्तित्व हो भी!

— अब चाहें तो डिज़नीलैंड रेल रोड से 'टुमारो लैंड' और 'मेन स्ट्रीम' तक घूमकर वापस आइए। डरे हुए हैं ज़रा बहल जाएँगे!

— दाएँ-बाएँ हरियाए बग़ीचे, पहाड़ियाँ, पुराने झोंपड़े, सदियों पुरानी गुफाएँ, पुल वग़ैरह ही नहीं हैं, अमेरिका की नदियाँ, जंगल और परी कथाओं की ख़ूबसूरत दुनिया भी साँस ले रही है! वह दूर से सिंडरेला का महल दिख रहा है, वही सिंडरेला, जो सौतेली माँ के अत्याचारों से दुखी, कोठरी में बैठी रो रही थी कि जादूगरिनी ने दया करके उसे राजकुमार की नृत्यशाला में सजाकर भिजवा दिया। ठीक बारह बजे वह हड़बड़ाहट में लौटी तो एक पैर का जूता रास्ते में गिर पड़ा। उसी जूते की करामात ने ही तो सिंडरेला को राजकुमार से मिला दिया। अब वह रानी बनकर इसी ऊँचे कंगूरों वाले महल में राज कर रही है!

— इधर चाहें तो केफ आरलींस से एक कोक का गिलास और कुछ फ्रेंच फ्राइज़ ले लें, खाते-पीते नज़ारा देखने का आनन्द उठाएँ। नहीं, शर्म की कोई बात नहीं, सामने देखिए, बच्चे तो बच्चे, युवा और-बूढ़े भी खाते-पीते घूम रहे हैं। मौज-मस्ती के मौक़ों में भी सिकुड़ने-सिमटने का देशी रिवाज इधर कोई नहीं मानता!

— अब तो क्रिटर कंट्री के आकर्षण देखेंगे, वरना लौटने में देर हो जाएगी। लेकिन, ज़रा रुकिये।

— उधर देखिए, उस पेड़ के नीचे खड़े मिक्की माउस और मिन्नी अपने चहेतों से हाथ मिला रहे हैं। अनुभव की उत्सुकता चरम पर है। वाउ! मिक्की के साथ फ़ोटो खींचनी है। अरे, यह तो मिक्की और मिन्नी के बीच में खड़ा हो गया। देखो तो, मिन्नी ने अपना

हाथ उसके कन्धे पर रख दिया। मुस्करा रहा है शैतान! क्लिक... क्लिक! बन गई न एक लाजवाब यादगार! दिखाएगा शान से अपने दोस्तों को! थैंक्यू मिक्की, थैंक्यू मिन्नी!

— मिक्की सिर हिला-हिला कर दर्शकों का अभिवादन कर रहा है। बच्चे-बूढ़े सभी उससे चिपटकर फ़ोटो खींचना चाहते हैं, आख़िर सबका लाड़ला जो है यह कार्टूनी दोस्त! वह बुढ़िया देखी? कैसे मिन्नी के मुँह से मुँह सटाकर सेल्फ़ी ले रही है।

— सच! हर ख़ुशी का पल एंज्वाय करने में यहाँ उम्र आड़े नहीं आती! बस, मन में उमंग और जज़्बा चाहिए! हर पल को जीने-भोगने का हौसला!

— क्रिटर कंट्री में अनेक आकर्षण हैं, कुछ शेर, चीते, बन्दर-भालू शक्ल के घोड़े-गाड़ियों वाले ऐसे खेल, जो बच्चे-युवा ख़ूब पसन्द करते हैं।

— झूलों पर गोल-गोल घूमने के मज़ेदार खेल, कुछ आसमान छूने को लपक, धरती पर पटखनी देते जाएंट व्हील के ख़तरनाक प्रयोग!

— इधर सबकी पसन्द के खेल/शोज़ हैं, साथ में एक हिदायत के साथ कि दिल के मरीज़ ख़तरनाक खेलों से दूर रहें।

— आइए, उधर चलें, वहाँ जिधर 'डेवी क्रोकेट' के केनोज़ हैं। अमेरिका की नदियों में नाव पर बैठकर पैडल बोटिंग करें। अच्छा लगेगा।

— नहीं? तो 'कंट्री बियर प्लेहाउस' देखें? वहाँ पानी की उछलती-मचलती लहरों पर सी-सॉ के अन्दाज़ में उठते-गिरते, एड़ी-चोटी भीगते जाना होगा। पूरा हुलिया भीग जाएगा। पर अच्छा लगेगा! चिन्ता क्यों?

— आप अकेले ही तो नहीं भीगेंगे! इस हमाम में सभी नंगे हैं।

— कुछ यात्री, बैग में एक जोड़ा कपड़ा भी साथ लेकर आए हैं। उधर पानी में भीगी बतख़ों सी दो लड़कियाँ हँसती-किलकती धूप में कपड़े सुखा रही हैं!

— यह स्पलैश माउंटेन आपने न देखा तो क्या देखा?

— पहाड़ी के ऊपर बनी इस विशाल गुफा के बीच नदी बह रही है! कहीं समतल, छुलु-छुलुक टहलती हुई, कहीं घुमावदार भँवरों में चक्करघिन्नी खाती, यात्रियों को चिढ़ाती-चौंकाती, कहीं डराती, तो कहीं सहलाती हुई बिन्दास बह रही है! गुफा के बीच कहीं नीली-नीली रोशनी में जैसे स्वप्न लोक से उतरे ग्रह-नक्षत्र आपसे बतियाने आ रहे हों। कहीं जगर-मगर करती रोशनी की दुनिया में डिज़नीलैंड परिवार के सदस्य आपका स्वागत कर रहे हैं। संगीत की मदिर धुनों पर थिरकते आपके चौतरफ़ा मिक्की की मधुर आवाज़ गूँज उठती है—'स्वागत-स्वागत। मिक्की की दुनिया में आप सबका स्वागत है। ख़ूब मज़ा लीजिए।' बीच-बीच में, हिदायतें भी। इधर छोटा सा ढलान है, इस पर थिरकने से आपको आनन्द आएगा।' आपकी नाव पानी की प्राचीर पर चढ़कर नीचे सरकने लगती है, आया न मज़ा?

— आगे चेतावनी—'टेक केयर, दिस इज़ ए बिग वन!'

— और आप साँस रोककर देखते हैं, गुफा के आख़िरी छोर पर खड़े! नीचे फिसलबंडे की शक्ल में नीचे और नीचे गिरती पानी की प्राचीर में बहनेवाले हैं! कसकर बोट का हैंडल पकड़ लीजिए और पीछे की ओर टेक लगाकर सीट से टिक जाइए। पैर लोहे के बूटों में फँसाकर रखिए। डरिए मत। अनुभव का चेहरा भय से पीला पड़ गया है, पापा ने इसे अपने से सटा लिया है। लेकिन पापा का हाल तो और भी बुरा है। न न, डरिए नहीं। इस साहसिक अभियान का आनन्द लीजिए! इधर तो न नाव रुक सकेगी, और न पीछे लौटना मुमकिन होगा। हिम्मत रखिए, बारह जनों से लदी आपकी नाव, पानी की उफनती धार पर वेग से नीचे और नीचे, बहने लगी है। कहीं पाताल लोक में समाने तो नहीं जा रही है?

— भगवान! धरती अब आख़िरी उम्मीद है। लोग चीख़ रहे हैं, चिल्ला रहे हैं, आप भी चिल्लाइए! चीख़ने-से भय दूर भागता है!

— ओह हाय! मर गए, दिस इज़ द एंड!

— लेकिन नहीं। कोई हादसा नहीं हुआ। हम सब सही-सलामत धरती पर उतर आए, न नाव टूटी, न कोई ज़ख़्मी हुआ कमाल है! मज़बूत रस्सों से बँधी, पुलियों पर फिसलती ये नावें बहुत मज़बूत हैं भई। हैरतअंगेज़!

— बेहद रोमांचक, रोंगटे खड़ी करनेवाली!

— अनुभव के बहादुर पापा ने लम्बी साँस ली है—हे भगवान, मैं तो समझा, यही अन्त है!

— सच कहूँ तो मुझे मज़ा आ गया। एक आतंक भरा सुख महसूस किया! सोचिए तो, आप बीस मंज़िला इमारत से नीचे कूद आए और धड़ाम धम्म, नीचे धरती पर! सही साबुत और सलामत!

ऐसे अभियानों से तमाम घबराहटों के बावजूद ख़ुद में अजब-सा विश्वास पैदा हो जाता है कि मैं कर सकती हूँ। हाँ! मैं पहाड़ लाँघ सकता हूँ। मेरे लिए कुछ भी असम्भव वहीं। इस अभियान में जोड़-जोड़ दुखने के बावजूद असम्भव को सम्भव करने की प्राप्ति का सुख मिलता है! एक विजेता का सुख!

आइए, अब इधर 'हंगरी बियर रेस्तराँ' में कुछ खा-पी लें। भालू के आकार की सैंडविच, सलाद और ठंडे गरम पेय, जो भी मन हो। आपके तो हाथ-पैर ठंडे हो गए, गरम कॉफ़ी ठीक रहेगी। शरमाइए मत, नये-नये अनुभवों से गुज़रे हैं हम, थोड़ी घबराहट हुई तो क्या?

चलिए अब फ्रंटियर लैंड चलते हैं। बन्दूक़ चलानी आती है, तो उस शूटिंग आर्केड में निशाना साधिए। वहाँ उस थंडर माउंटेन रेलरोड का अनुभव भी लेना चाहिए! पानी पर तो ख़ूब फिसल लिये। आइए देखें, उस ऊँट के कुहान सी ऊँची पहाड़ी पर ट्रेन टेढ़े-मेढ़े रास्तों से कैसे धचकती-हुमकती गुज़र रही है।

ये बीच-बीच में गुफाएँ और खदानें देख रहे हैं न? इन खदानों के अँधेरे में कैसा घुटा-घुटा-सा माहौल है! ऊबड़-खाबड़ रास्ते, मोड़ों पर मुड़ते

कमर के जोड़ हिलने लगते हैं। लेकिन लोग देखिए, कैसे तालियाँ बजा-बजा वाह-वाह कर रहे हैं!

वह सामने मार्क ट्वेन का स्टीम बोट खड़ा है। आप चाहें तो इस पर बैठकर पुरवैया के झोंकों में नदियों की सैर करें, आख़िर इन साहसिक अभियानों में शरीर के अंग-अंग भी तो दुखने लगते हैं। यह सामने खड़ा है, 'सेलिंग शिप कोलम्बिया' अमेरिका का पहला समुद्री जहाज़ है यह। अभी रवाना होनेवाला है। लोग ऊपरी डेक पर बैठकर यात्रा का आनन्द लेते हैं। अच्छा लगता है न यहाँ खड़े होकर डिज़नीलैंड पार्क के हरे-भरे संसार को जी भरकर निहारना! कैसे मज़े-मज़े छुलक-छुलक लहरों पर थिरक रहा है जहाज़। नीले पानियों के बीच खड़े होकर दाएँ-बाएँ नज़रें घुमाइए, हरियल विस्तार बीच छोटी-बड़ी पहाड़ियाँ, जैसे किसी चित्रकार ने आसमानी छाँह तले हरे कैनवस पर प्रकृति नटी का विशाल चित्र बना दिया हो! उधर छोटी-सी पहाड़ी-सी दिख रही है न? हाँ वही, जिस पर छोटे-छोटे जीवों की क़तार सी नज़र आ रही है, ये वे लोग हैं, जो पर्वतारोहण का शौक़ भी यहाँ पूरा करते हैं। सभी सुविधाएँ हैं न यहाँ पर्वतारोहण की।

उस तरफ़ देखें, सिंडरेला कासल के साथ कई परी महल, भुतहा घर, सिनेमा हॉल, होटल, रेस्तराँ और वो दूर आकाश को छूने की गुस्ताख़ी करता रोलर कोस्टर!

ना भई, इस भीमकाय रोलर कोस्टर पर हम नहीं बैठेंगे, यह जवान-जहान, ख़तरों के खिलाड़ियों का शग़ल है! आप तो बन्धु, स्प्लैश माउंटेन की सैर में ही बेहोश होते-होते रह गए थे।

बहुत कुछ है देखने को यहाँ। उस तरफ़ 'टॉम सायर' का द्वीप है तूफ़ानी नदी के बीच लकड़ी की नावों पर जाना होगा। डरपोक हैं तो रहने दीजिए। टॉम और हक़ को किन-किन मुश्किलों का सामना करना पड़ा था, जानते तो हैं।

वह पहाड़ियों के बीच 'हानाबारबरा लैंड' देख रहे है न? कार्टूनों की दुनिया! कोई सी-सॉ खेल के मज़े ले रहा है, कई परिवार के साथ मनपसन्द पकवान खा रहे हैं।

वे तीन भालू कहाँ जा रहे हैं?

देखने और एंज्वाय करने को बहुत कुछ है यहाँ, लेकिन सभी प्राकृतिक और मानव निर्मित आकर्षणों पर भारी पड़ता है, इधर का फैंटाज़मिक शो! देखनेवाली चीज़ है भई। वाल्ट डिज़नी ने आधुनिक तकनीकी का प्रयोग कर मिक्की की कल्पना को विशाल जलराशि पर साकार कर कमाल कर दिया है। पर वह रात घिरने पर होगा, क्यों न तब तक, फ़ैंटेसी लैंड देख आएँ? इस लैंड में तो परी कथाओं का संसार जीवन्त हो उठा है। यह भी कम रोचक नहीं!

उस तरफ़ वह ऊँचा, कंगूरेदार महल दिखाई दे रहा है न, वह फेरी टेल्ज़ की सिंडरेला का कासल है। भीतर चलकर देखिए, सिंडरेला की कहानी के सभी पात्र मिलेंगे यहाँ। वह सोई हुई सुन्दरी है, जी हाँ 'स्लीपिंग ब्यूटी'। इसकी कहानी तो बच्चा-बच्चा जानता है। उधर स्नो व्हाइट और सात बौनों की दुनिया में चलें?

हे हो हे हो। हम जादूगरनी के महल में जा रहे हैं। पिनोची की साहसिक यात्रा शुरू हो गई है। ख़ुशी का द्वीप तो पिनोची को मिला, पर कैसे? जानते हैं न? वह तो जान गया कि इसमें ज़्यादा ख़ुशियाँ नहीं हैं, आपका क्या ख़याल है?

उधर चाहें तो किंग आर्थर के बहत्तर घोड़ों में से एक पर सवारी करें। वह पत्थर में धँसी किंग आर्थर की तलवार देखी? ज़रा निकालने की कोशिश कीजिए। हिला भी नहीं सकेंगे, शर्त लगाते हैं। कोई मज़ाक़ नहीं है इस तलवार को निकालना! कितने तो बच्चे, तगड़े युवा कोशिशें कर चुके हैं, हिला पाया कोई?

अनुभव तो उड़नेवाला हाथी डम्बो देखना चाहता है, पढ़ा है न बाल पुस्तकों में, कि वह उड़ सकता है। अब यह कमाल अपनी आँखों से देखिए, कि यह तो सच में उड़ सकता है। कथा-कहानियों की जीती-जागती दुनिया है यह फ़ैंटेसी लैंड! एक दिन में पूरा नहीं देख सकते। कितने लम्बे क्यू लगे हैं। आख़िर पूरी दुनिया से लोग यहाँ आते हैं वाल्ट डिज़नी की करिश्माई दुनिया देखने!

अरे, वह देखो, डोनाल्ड डक रेस्तराँ के पास खड़ा है, चलो, उससे हेल्लो करें, राकी भी है पेड़ के नीचे। एक फोटो तो हो जाए उनके साथ!

'स्काई वे' से टुमारो लैंड तक की आकाशी यात्रा करना चाहेंगे, उड़न खटोले में बैठकर?

जादुई नगरी की आकाशी सैर तो ग़ज़ब का रोमांचकारी अनुभव होगा, पर वक्त की कमी है और आगे कई नायाब मंज़र हैं, उन्हें कैसे छोड दें?

बच्चे 'के सी जूनियर सरकस गाड़ी' देखना चाहेंगे जो स्टोरी बुक लैंड के चौतरफ़ा चक्कर लगाकर आती है। यह कथा पुस्तक भूमि बच्चों की कथा-कहानियों की साकार दुनिया है, इस छोटी-सी पुस्तक भूमि के चौतरफ़ा नदी भी बह रही है, देखिए न उस तरफ़, कितने सारे बच्चे, छोटी नावों में और हुड़दंगी युवा मोटर बोट में बैठे बुक क्लब का नज़ारा एंज्वाय कर रहे हैं।

आइए, अब एलिस इन वंडर लैंड की दुनिया देखें। एलिस सफ़ेद ख़रगोश से क्या बात कर रही है? केक खा रही है। अरे यह केक खाकर एलिस का आकार कैसे बदल गया? कितनी छोटी हो गई? कोई जादू?

हे भगवान! क्या ग़ायब ही हो जाएगी एलिस? वह देखिए, ताश की रानी, क्या ग़ज़ब! यह मैड हैटर...! इस मैड टी पार्ट के बड़े-बड़े प्यालों में गोल-गोल घूमकर एंज्वाय करते बच्चे...! वाह, मिस्टर टोड क्या ख़ूब ज्वाय राइड ले रहा है! सब कुछ चकित-मुदित करनेवाला!

चलिए अब 'टुमारो लैंड' चलते हैं, यह कल की दुनिया है, जिस धरती पर अमेरिकी/रूसी अपने पैर जमाने की कोशिशों में हलकान हुए जा रहे हैं। यहाँ जेट विमानों और रॉकेटों पर बैठकर यात्री स्पेस और ग्रहों की विशाल दुनिया की सैर करते हैं, रोलर कोस्टर पर, ज़ूम करके ऊँचे आसमानों, ग्रहों, नक्षत्रों और चन्दा मामा के घर तक की यात्रा का सुख भला हम क्यों खो दें?

उधर स्पेस माउंटेन का बोर्ड लगा है। इसे तो ज़रूर देखना है। जाना तो रोलर कोस्टर पर ही है, पर डरना क्यों? बैठकर देखिए, सीटें कितनी

ठोस और मज़बूत हैं! लो, बैठते ही स्टील की बेल्ट आपकी कमर और सीट के साथ कसकर बन्द हो गई। सब कुछ ऑटोमैटिक है यहाँ। विज्ञान और तकनीकी का करिश्मा! लो, अब हम स्पेस में जा रहे हैं। चारों तरफ़ तारा मंडल कैसे दिप-दिप कर रहा है! हज़ारों, लाखों मरकत मणियाँ नीले कैनवस पर बिखर गई हैं। नक्षत्र इतने पास लग रहे हैं कि हाथ बढ़ाकर उन्हें छू लें, पर पास होकर भी कितनी दूर है यह मायावी दुनिया! एक अनन्त दिपदिपाते नीले गुम्बद में हम तेज़ी से घूम रहे हैं, झटके खाते हुए। धरती का कोई पता नहीं। चौतरफ़ा नीला आसमान और तारामंडल। कितना रोमांचक! हम हवा में हैं, सीटों में जकड़े होकर भी हत्थों को मज़बूती से पकड़े हुए, झटकों से हड्डी-पसलियाँ दुखने लगी हैं, ऊपर वाले से जान की सलामती माँगते हुए भी उत्तेजित! सिर घूम रहा है, पूरी कायनात चक्कर खाती नज़र आ रही है। नील आर्म स्ट्रांग से लेकर अनेक स्पेस यात्रियों के अनुभवों से गुज़रते हुए हम आह्लाद से भर उठे हैं। अनूठा है यह आतंक भरा सुख!

आगे और भी बहुत कुछ है। हाथों में रखे पैम्फ़लेट सूचनाओं से अटे पड़े हैं—मार्स की यात्रा पर नहीं चलना है? विमान रहस्यमयी यात्रा के लिए तैयार है। माइकल जैक्सन अन्तरिक्ष की उड़ान पर हैं। अरे, यह माइकल जैक्सन के हाथ हमारे मुँह तक क्यों आ रहे हैं? परदे पर की जादूगरनी मेरी बाँह पकड़ लेगी क्या? स्क्रीन पर तितली भी उड़ती है, तो लगता है सीधे आँख में घुस जाएगी। गोलियाँ सीधे हम तक आ रही हैं, हॉल में घुसने से पहले आँखों पर लगाने के लिए जो जादुई ऐनक हमें दी गई है, उसी का करिश्मा है जो हम देख रहे हैं। इसे आँखों से उतारो तो सभी पात्र सिनेमा के परदे में सिमट जाते हैं। दंग रह गए हम तो!

स्टार ट्रैक में तो ज़रूर चलना है! काफ़ी रोचक है यह अन्तरिक्ष और सागर के रहस्यों से परिचित कराती मायावी दुनिया की यात्रा! साइंस और टेक्नोलॉजी का कमाल, जो ब्रह्मांड को खँगालकर, अनजाने-अनदेखे राज़ों से दर्शकों को चकित-मुदित करती है!

मेरे साथ इस कमरे में चलिए, दसेक आदमी हमारे साथ चल रहे हैं। ड्राइवर तो कोई नहीं है लीजिए, नीला बटन दबाते ही इंजन स्टार्ट हो गया। कई बटन हैं, कोई लेज़र के लिए, कोई मिसाइलों की बारिश के लिए। लो मिसाइल का बटन दबाया, चट्टान चूर-चूर हो गई। आगे एक सेटेलाइट आ रहा है, डाकू हैं इसमें, लेज़र का बटन दबाया, लो, इसके भी परखच्चे उड़ गए। इधर एक और ग्रह आ गया, शनि तो नहीं? यान अन्तरिक्ष में तूफ़ानी रफ़्तार से घूम रहा है। स्पेस में साँप सा क्या दिख रहा है? अरे, इधर तो हम हवा में ही लटके रहे। ओ, तो यह है वह जगह, जहाँ ग्रेविटेशन पुल ज़ीरो है। ख़तरनाक है भई। शुक्र है, एक बटन और दबा और एक झटके के साथ यान सही-सलामत धरती पर उतर आया। मार्स तक पहुँचना कोई मज़ाक़ नहीं है भाई। कितने ख़तरों से खेलना पड़ रहा है!

अब इस पनडुब्बी में बैठकर समुद्र के भीतरी रहस्यों से भी वाक़िफ़ हो जाएँ। आइए इस सबमेरीन वायेज पर। डुब्ब-डुब्ब-डुब्बुक! और विशाल पनडुब्बी यात्रियों को लेकर पानी के भीतर उतरती जा रही है। परी कथाओं वाली, आधी औरत, आधी मछली, केशराशि पानी की लहरों पर फैलाए, तैरने के अन्दाज़ में लहरों पर लेटी जैसे आराम फ़रमा रही हो। सागर तल में क़िस्म-क़िस्म के जीव-जन्तु, बेधड़क आवाजाही कर रहे हैं। कई सुनहरे पंखों वाली निकी-निकी मछलियाँ झुंडों में मज़े-मज़े बतियाती, कहीं तारे की आकृति वाली नन्ही बच्चियों सी प्यारी, कहीं भयानक चेहरों और भरकम शरीर डुलाती, मुँह से आग उगलती, शार्क मछलियाँ! हरा पानी जगह-जगह लाल, नीला, सुनहरी आभा से चौंकाता है। जीवों के जंगल में गज़-गज़ भर लम्बे सर्प, अजगर, मगरमच्छ, कछुवे, ऊदबिलाव, और वह काँटेदार हेजहॉग फ़ॉसिल। बीच-बीच में शंख, सीपियाँ, कोरल...! अनेक कीड़ों-जीवों के रक्षा कवच हैं ये, जिन्हें हम ड्राइंग रूमों में सजाकर रखते हैं।

एक चक्कर 'डिज़नीलैंड मोनोरेल' पर तो ज़रूर लगाना है। अजीब-सी रेलगाड़ी है न यह? धरती से ऊपर मोटे खम्भों पर टिकी, इकलौती पटरी पर दौड़ती लम्बी सर्पिनी! डर लगता है। दाएँ-बाएँ मुड़ते फिसल गई तो?

लेकिन नहीं फिसलती। ठोस कंक्रीट के आधारों पर सजी है यह शाही पटरी! इस पर बैठकर लगता है धरती और आकाश के बीचोबीच यात्रा कर रहे हैं। इत्मीनान से बैठकर काँच की खिड़कियों से डिज़नीलैंड पार्क का हवाई मुआयना कीजिए। ऊपर से नीचे, माचिस की डिब्बियों से दिखते भूतघर, रेस्तराँ, परी महल...। अपने ऊँचे क़द पर गुमान से तने-खड़े दरख़्त, और पानी से लबालब भरे नदी-नाले! बीच में घूमते लिल्पुट से लोग! विशाल कैनवस पर चित्रित वाल्ट डिज़नी की लाजवाब कल्पना!

देखते-देखते आकाश पर सिन्दूरी रंग गहराने लगे हैं, बादल सफ़ेद से गुलाबी होते हुए अब धूमिल पड़ने लगे हैं। जल्दी से थोड़ी ख़रीदारी कीजिए। घर लौटकर अपने दोस्तों, परिचितों के लिए छोटी-बड़ी भेंट लीजिए। डिज़नीलैंड यात्रा की याद दिलाता कोई सोविनियर! टी शर्ट, जींस से लेकर, सीप, शंख, चाबी के गुच्छे, शो पीस, पोस्टर, टोपियाँ वग़ैरह, सब पर मिक्की, डोनाल्ड डक, पिनोची, वुड्स वुडपेकर, बेबी डायनासोर जैसे डिज़नीलैंड के पात्र मौजूद हैं।

शाम अब रात में ढलने लगी है। आसमान में आतिशबाज़ियों ने रंगों के प्रिज़्म बिछा दिये हैं। लाल-नीले, हरे, आतिशी और सुनहरे रंगों की फुलझड़ियाँ, और आकाश की ओर लपकती आतिशबाज़ियाँ देखने लोग फ्रंटियर लैंड की तरफ़ जा रहे हैं। वहाँ फ़ैंटाज़्मिक शो जो शुरू होनेवाला है। नदी किनारे यात्रियों की भीड़ जुटने लगी है।

इधर रेलिंग के पास खड़े हो जाएँ। इधर से सीधे मिक्की की कॉटेज दिख रही है। वह नदी के बीच में छोटा-सा द्वीप है न, उसी पर मिक्की का घर है! ऊपर देखो, मिक्की छत पर खड़ा है। लो, अब नीचे आ गया। डेक पर खड़ा पानी में नज़रें गड़ाए कुछ सोच रहा है। पता नहीं इसके छोटे से दिमाग़ में क्या-क्या ख़ुराफ़ातें भरी हैं। जो भी उसके दिमाग़ में चल रहा है, वह सब पानी पर आकार लेने लगा है! अरे रे, यह पानी में से आग की लपटें कैसे उठने लगीं? नीली लाल रोशनियों में अँधेरा कैसे काँपने लगा है। लाल लपटों के बीच पानी पर सिनेमाई स्क्रीन सा तन गया है, जिस पर भयानक चेहरे

वाली जादूगरनी का आकार उभर रहा है तौबा! कितने लम्बे नाख़ून हैं इस जादूगरनी के। कैसी राक्षसी-सी भयानक आकृति! अरे, यह तो मुँह फाड़े, बेचारे मिक्की को दबोचने लपक रही है। साथ में दुष्ट राक्षसों की फ़ौज भी है। पानी पर नमूदार हो रहे हैं आग उगलते साँप, हाथियों के कटे हुए सिर, साँपों की आँखों से आग की लपटें निकल रही हैं। कितना भयानक दृश्य! ये सभी मिक्की पर हमला करने आ रहे हैं। मिक्की भाग रहा है। कहाँ जाएगा बचकर बेचारा? लगता है, फँस गया। वो देखो, उधर से बचाव के लिए उसके दोस्त दौड़े आ रहे हैं, डोनाल्ड डक, मिन्नी, पिनोच, और वह बेबी डायनासोर। मिन्नी क्या ज़बरदस्त कराटे के दाँव-पेच जानती है। वाह मज़ा आ गया। पानी पर क्या ढिशुम-ढिशुम चल रही है जादूगरनी और मिक्की के दोस्तों के बीच! देखो न, जैसे ही जादूगरनी ने मिक्की पर वार किया, मिक्की ने अपनी कल्पना शक्ति से ही उसे अधबीच ही रोक लिया। ग़ुस्से में आग बबूला जादूगरनी ने पानी में आग लगा दी। डोनाल्ड, रॉकी, पिनोची और दूसरे दोस्तों ने पानी की बाल्टियाँ भर-भर आग बुझानी शुरू कर दी है। कैसा ज़बरदस्त हौसला है मिक्की के दोस्तों में! पानी की बौछार पड़ते ही साँपों की शक्ति फुस्स हो गई। कटे हुए सिरों पर चढ़कर बेबी डायनासोर अंडा डाल देता है। लो देखो, अंडा गिरते ही धीरे-धीरे सिर पानी में डूबने लगे। मिक्की साथियों के साथ मिलकर जादूगरनी की क्या ख़ूब पिटाई कर रहा है। उसने तो अपनी कल्पना शक्ति से जादूगरनी की शक्ति ही खींच ली है। अब जादूगरनी पस्त होकर दम तोड़ने लगी है। उसके मरते ही तूफ़ानी लहरें शान्त होने लगी हैं। मिक्की और उसके साथी झूम-झूम कर ख़ुशियाँ मनाते हैं। आतिशबाज़ियाँ फिर से छूटने लगी हैं। आख़िर असत्य पर सत्य की विजय होती है, कहा है न हमारी गीता में, 'तमसो मा ज्योतिर्गमय'। कैसे प्रकाश ने तमस का अन्त कर दिया है! दानवी शक्तियाँ, आत्मविश्वास, आत्मबल, और संघर्ष की शक्तियों के आगे कितनी देर टिक सकती हैं?

मिक्की अपने द्वीप पर लौट जाता है। अब चौतरफ़ा शान्ति है! आनन्द! मिक्की दर्शकों का अभिवादन करता है!

शो ख़त्म हो गया। लेज़र किरणों का कमाल है यह फ़ैंटाज़िमक! पानी पर उकेरा लेज़र किरणों का यह मायाजाल! हैरत में डाल देता है यह फ़ैंटाज़िमक शो! रंगों की अदृश्य कूची से पानी के वृहत् कैनवस पर बना ऐसा कलात्मक कौशल से निर्मित परिदृश्य सिनेमा के परदे पर कहीं देखा था पर पानी के विशाल पर्दे पर यहीं देखा, डिज़नीलैंड पार्क के हैरतअंगेज़ वातावरण में!

अब रात के बारह बजे हैं, पार्क बन्द होने का वक़्त, दर्शकों से बज़ाब्ता विदा लेने का समय!

सो पानी के जहाज़ कोलम्बिया और बेशुमार नावों पर सवार डिज़नीलैंड परिवार के सदस्य आपको विदा कहने निकल रहे हैं, पूरी आवभगत के साथ! मिक्की-मिन्नी और उनके साथी, दोस्त ही नहीं, परी कथाओं का भरा-पूरा संसार। मिक्की-मिन्नी, उनके साथी, परी कथाओं के पात्र, सिंडरेला, ब्यूटी और बीस्ट बना उसका राजकुमार, वंडर लैंड की एलिस, बौने और हज़ारहा पात्र, सभी बाई-बाई कर हमें शुभ कामनाएँ दे रहे हैं। मिक्की अपने घर की छत पर खड़ा होकर देर तक बाई-बाई कर विदा दे रहा है। अपने ज़ेहन में उपजते-घूमते विचारों की दुनिया को पानी के परदे पर उतार, उसने दर्शकों को मोह ही नहीं लिया, सन्देश भी दिया है—

'तमसो मा ज्योतिर्गमय'—अन्धकार पर प्रकाश की विजय, असत्य पर सत्य की विजय का सन्देश!

दुनिया के कोने-कोने से पधारे मेरे दोस्तो, तुम्हारा धन्यवाद!

आसमान पर रात की आख़िरी आतिशबाज़ी लहराई है, और दर्शकों की सामूहिक आवाज़ों बाई मिक्की, बाई मिन्नी, बाई डिज़नी से माहौल गूँज उठा है!

बाई-बाई मिक्की, और तमाम साथियो, हम तुम्हारी इस जादुई नगरी में एक यादगार दिन जी लिये और यादों के ख़ज़ाने लेकर लौट रहे हैं, अलविदा!

हैल्लो शामू!

सागर की अपनी एक विशाल दुनिया है। उसकी बेअन्त अथाह जलराशि में बेताज बादशाह से निरंकुश विचरते जीव-जन्तु, भयावह किलर व्हेल, सी लॉयन, शार्क मछलियाँ और तमाम जाने-अनजाने आदमख़ोर जीव, जिनका नाम सुनते ही रीढ़ की हड्डी में भय की झुरझुरी सरसराने लगती है, वही जीव यहाँ, 'सी वर्ल्ड' में हमारे दोस्त बन जाते हैं। विश्वास नहीं आता न? आदमी क्या चीज़ है, बड़े-बड़े जलयानों को अपनी अलसाई करवटों से डोलने-डुबोनेवाली किलर व्हेल मछलियाँ और आदमी की दोस्त? क्या हवाई कल्पना है। लेकिन कोरी गप्प लगनेवाली बातें सच साबित हुई हैं कैलिफ़ोर्निया के सेन डियागो में बने 'सी वर्ल्ड' पार्क में!

एनहेसर बुश कम्पनियों और बुश एंटरटेनमेंट कॉरपोरेश्नन ने 'सी वर्ल्ड पार्क' में, और समुद्रतटीय विशाल जलाशयों में जो दुनिया रची है, उसमें किलर व्हेल 'शामू' हज़ारों-लाखों लोगों का प्यारा दोस्त बन गया है, तभी तो 'सी वर्ल्ड' का नाम सुनते ही शामू का ध्यान हो आता है। उसके दोस्ताना करतब देखने और उससे हैल्लो कहने को मन बेताब होने लगता है—हैल्लो शामू, कैसे हो?

यों अमेरिका की यात्रा के दौरान इस सच का अहसास साथ चलता है कि अपनी तमाम भौतिक-वैज्ञानिक और तकनीकी उपलब्धियों के साथ अमेरिका विरोधों और विरोधाभासों का देश है। उनकी समानता और भाईचारे में विश्वास की दर्प भरी नीतियों के बावजूद वे दुनिया को अपने अँगूठे के नीचे रखना चाहते हैं। संसार में शान्ति स्थापना का दम भरते भी विनाशकारी

शस्त्रों के आदान-प्रदान के दानवीरों की सूची में पहला नाम उनका ही दर्ज है। लेकिन यही अमेरिका प्रदूषित पर्यावरण सुधारने की ईमानदार कोशिशें भी करता है।

इन कोशिशों की एक अद्‌भुत मिसाल है, 'सी वर्ल्ड'। एनहेसर बुश कम्पनियों ने, सी वर्ल्ड पार्कों को आकार देकर पर्यावरण के प्रति गहरी जागरूकता का प्रमाण दिया है। कैसी है यह विस्मय, मनोरंजन और रोमांच से लबरेज़ दुनिया? कैलिफ़ोर्निया की यात्रा के दौरान हमारा मन भी जानने को उत्सुक हो उठा, सो हम सैन फ्रांसिस्को से लास एंजिल्स पहुँच गए। वहाँ से सेन डियागो तक कार से जाते दाएँ-बाएँ खड़ी पहाड़ियों के ऊपर बनी बस्तियाँ बेहद सुन्दर और चित्रात्मक लगीं। क़ुदरत के कुशल चितेरे ने एक वृहत् कैनवस पर प्रकृति का मनोरम चेहरा उकेर दिया है। पहाड़ियों की ढलान पर, हरियाली के झुरमुट बीच लाल-भूरी छतों वाले घरों के गुच्छे, आँखमिचौनी खेल खेलते हुए हमारे पास से गुज़रते रहे। पैसिफिक सागर के तट पर सैलानियों का हुजूम वीकएंड मनाने इकट्‌ठा हो गया था।

हम पहुँचे तो, सी वर्ल्ड पार्क के बाहर काफ़ी भीड़ इकट्‌ठा हो गई थी, पर भीड़ का भी अद्‌भुत अनुशासन है यहाँ। एक दूसरे को रौंदनेवाली हुड़दंगी रेलपेल यहाँ नहीं थी। सभी शोज़ के बाहर क़तारों में खड़े लोग अपनी बारी का इन्तज़ार कर रहे थे। जल-जीवों की इस नगरी में क़दम रखते ही हम यहाँ के अनुशासन के क़ायल हो गए और भीतर क़दम रखने से पहले, सोविनियर पार्क गाइड ले लिया। कौन शो कहाँ हो रहा है, इसकी जानकारी ली। ज़्यादातर शोज़ बीस मिनट के थे। छह-सात घंटों में पूरा सी वर्ल्ड देखा नहीं जा सकता, सोचा, कोशिश करेंगे, जितना भी हो सके।

भीतर घुसते ही अफ्रीकी एन्वायरनमेंटेलिस्ट बाबा डियोम के शब्दों ने हमारा स्वागत किया।

— फ़ॉर इन द एंड, वी विल कंज़र्व ओनली वॉट वी लव, वी विल लव ओनली वॉट वी अंडरस्टैंड, वी विल अंडरस्टैंड ओनली वॉट वी आर टॉहट।

सच ही तो! जो हमें सिखाया जाता है, वही हम समझते हैं, जो समझते हैं, उसे ही प्यार करते हैं। अन्तत: जिससे हम प्यार करते हैं, उसे बचाने और सँवारने की चिन्ता भी करते हैं।

बाबा डियोम के शब्द पार्क में कई जगहों पर लिखे गए हैं, एक सीख, एक हिदायत की तरह!

पृथ्वी का सन्तुलन बनाए रखने के लिए जीव-जन्तुओं के महत्त्व को यहाँ के कार्यकर्ता, छोटी-बड़ी कक्षाएँ लेकर जगह-जगह समझाते हैं। स्कूल-कॉलेज के छात्र ख़ूब रुचि से इन खुली कक्षाओं में भाग लेते हैं। नीले-लाल शॉर्ट्स और सी वर्ल्ड के मोटिफों से सजी टी शर्ट में छात्रों की टोलियाँ फूलों के गुच्छों सी यहाँ-वहाँ बिखरी नज़र आती हैं।

पार्क के बीचोबीच खड़े 'स्काई-टॉवर' को ध्यान में रखकर हमारी यात्रा शुरू हुई। यहाँ से विभिन्न दिशाओं में बने स्टेडियमों के दिशा-निर्देश और सूचनाएँ जगह-जगह पर उपलब्ध हैं।

पार्क गाइड से सुविधा होती है। अगर आप कई दोस्तों-नातेदारों के साथ यहाँ आए हैं, और अलग-अलग शो देखना चाहते हैं तो बेशक देख आइए, पर वापसी में प्रवेश द्वार पर बने बैंड स्टैंड पर मिलना न भूलें। यह जगह यात्री मिलन स्थली है। कोई बच्चा भीड़ में खो जाए, तो एंट्रेंस प्लाज़ा के सूचना केन्द्र से सम्पर्क कीजिए, वे आपकी मदद करेंगे, घबराइए नहीं!

यहाँ सभी सुविधाएँ हैं, बच्चों की नैपी बदलने से लेकर बीमार व बूढ़ों के लिए व्हील चेयर, स्वास्थ्य सम्बन्धी सेवाएँ, दुर्घटना के समय चिकित्सा, सब हाज़िर। खान-पान की सुविधाएँ तो हैं ही। वो, नीला निशान है न उस तरफ़, वहाँ कई रेस्तराँ हैं, जो जी चाहे, ख़रीदिये-खाइए। सी वर्ल्ड आए हैं तो ज़ाहिर है, यहाँ से कोई भेंट-उपहार, यादगार साथ लेकर लौटेंगे, उसके लिए उधर, उन लाल निशान वाली जगहों पर जाइए, वहाँ अनेक गिफ़्ट शॉप मिलेंगे।

इधर लगता है, शामू वाला शो शुरू होनेवाला है। लोग क़तारों में खड़े हैं। शामू और डाल्फिनें आपको भिगोने से बाज़ नहीं आएँगे, सो भीगने से डरिए मत! हाँ, अपने कैमरों और छोटे बच्चों को पानी की बौछारों से ज़रूर

बचाइए। भीगने से घबराते हों तो स्टेडियम की ऊपरली सीढ़ियों पर बैठकर शो देखिए!

लो, हमारे पहुँचने से पहले ही 'शामू स्टेडियम' खचाखच भर गया है। विशालकाय ओपन स्टेडियम में, सागर तट से लगे नीले पानियों के गहरे जलाशय को तीन तरफ़, ऊँचे जंगलों से बाँध दिया गया है। एक तरफ़ व्हेलों के आने-जाने का खुला रास्ता है। छोटे-बड़े बच्चे 'शामू की आवाज़ों से स्टेडियम गुँजा रहे हैं। लीजिए, दर्शकों की दोस्ताना पुकार सुनकर शामू साहब हाज़िर हो रहे हैं। तौबा रे! कहीं आपका दिल बैठ तो नहीं गया?

यह भारी-भरकम डील-डौल वाली चीज़ शामू द किलर व्हेल है या कोई काला पहाड़ स्टेडियम में चला आ रहा है? एक बार इस भयावह आकृति को देखकर दिल में दहशत पैदा हो ही जाती है। कहीं जलाशय के जँगले से कूदकर स्टेडियम के तमाशबीनों को दबोच ले तो? एक ज़रा-सी करवट लें जनाब, तो दर्जनों लोगों की महीन चटनी बन जाए। ज़रूर इनकी करवटों से बड़े-बड़े जलयान कलाबाज़ी खाते होंगे।

लेकिन इधर क़ा हाल माशाअल्लाह कुछ अलग ही है! शामू साहब स्टेडियम के जँगले के पास सरककर दर्शकों को आदाब बजा लेते हैं। तरह-तरह के करतब दिखाकर लोगों को रिझा रहे हैं। यह देखिए, ज़रा सी करवट बदली हुज़ूर ने कि बारहवीं-तेरहवीं पंक्तियों तक बैठे दर्शकगण पानी की झालदार बौछारों से भरपूर नहा लिये। ऐसी ऊँची आकाश छूने को बेताब झालदार लहर उठी कि आधा स्टेडियम पानी में डूबता महसूस हुआ। लेकिन निराले नगर की अजीबोग़रीब हरकतें कि पानी की बौछारों से आपाद-मस्तक भीगे दर्शक उचक-उचक कर तालियाँ बजा रहे हैं। जैसे नन्हे बच्चे अपनी खिलंदड़ी शोख़ियों से उन्हें रिझा रहे हों!

ओह! आह! हाय शामू! वाउ नकीना!

अब बेबी शामू अपनी मम्मी जी के साथ बाअदब, बामुलाहज़ा, होशियार! के अन्दाज़ में दर्शकों को जलवा दिखाने पधार रहे हैं, जँगले की फेंस को लगभग छूकर निकलते हुए, बेबी शामू को पीठ पर बिठाकर पापा शामू,

विशाल जलराशि को खँगाल रहे हैं। श्रीमती शामू साथ-साथ डोल रही हैं, बेख़ौफ़! कई-कई गज़ ऊँची लहरों से स्टेडियम एक और जलाशय बनता जा रहा है, पर दर्शक पानी के सैलाब में भी ख़ुश! बेबी शामू भी कम उस्ताद नहीं, करवटों पर करवटें बदलता लोगों का मन मोह रहा है! संचालिकाएँ बराबर आदेश दे रही हैं—स्वागत करो दोस्तों का शामू! 'बस करो नकीना, बहुत हो गया, अब बाय-बाय करो।'

दर्शक पानी में भीगे परिन्दों से पंख झटकते हैं और शामू संचालकों का आदेश मान अभिवादन करता हुआ सपरिवार लौट जाता है। दर्शक खड़े होकर ऊँची आवाज़ में शामू परिवार को विदा देते हैं—बाय शामू! बाय नामू! बाय नकीना!

जैसा बाप, वैसा बेटा, बल्कि बाप सेर तो बेटा सवा सेर! बेबी शामू दर्शकों की तरफ़, मुड़-मुड़ कर मुंडी हिलाता है—इत्ते सारे दोस्त! छोड़कर जाने का मन नहीं करता, लेकिन संचालिका का प्यार भरा आदेश टाला भी तो नहीं जा सकता।

एक बार फिर जँगले के क़रीब आकर शामू परिवार माथा नवाता है, थैंक्यू दोस्त तुम आए, अलविदा। यहाँ ये ख़ूँख़ार जीव और मनुष्य एक दूसरे को समझते हैं, मानते हैं और प्यार करते हैं।

शो समाप्त होने पर मन में कई प्रश्न घुमड़ने लगते हैं। इन संचालकों को कितने वर्ष श्रम करना पड़ा होगा इन ख़ूँख़ार जीवों को साधने में? यह सिखाने, समझाने, प्यार करने और सँवारकर रखने का मंत्र ही तो बाबा डियोम ने दिया है, जो यहाँ के संरक्षकों का दर्शन बन गया है। आदमी प्यार से भयावह जीवों को भी दोस्त बना सकता है, फिर आदमी और आदमी में अविश्वास और सिर फुटौवलें क्यों? यह प्रश्न बराबर दिल-दिमाग़ पर टहोके देता रहता है!

'शामू द किलर व्हेल' के अलावा भी बहुत कुछ है यहाँ। सागर के अनूठे जीवों का रहस्य और रोमांच भरा संसार!

उधर डाल्फिनों और व्हेल मछलियों की भिड़ंत शुरू होनेवाली है।

डाल्फिनों के करतब तो सचमुच हैरतअंगेज़ हैं। बच्चों की ही नहीं बड़े-बूढ़ों की उत्सुकता भी चरम पर है।

उधर स्टेडियम की तरफ़ चलें? कोडैक वाले 'न्यू फ्रेंड्स' नाम से बहुत ही मज़ेदार शो प्रस्तुत करने जा रहे हैं। देखें भला व्हेल मछलियाँ नन्ही डाल्फिनों की दोस्त कैसे बनती हैं। डाल्फिनें प्यारी-प्यारी अबोध बच्चियाँ सी नज़र आती हैं। बोतलों जैसी नाक वाली ये खिलंदड़ी डाल्फिनें बड़ी प्यारी-प्यारी मोहक आवाज़ें निकालती हैं, जैसे आदमज़ादों की नक़ल उतार रही हों। अपने मास्टरों के इशारों पर नाचती ये, कभी ऊँचे खम्भों पर चढ़कर कत्थक नृत्यांगनाओं सी थिरकने लगती हैं, कभी पानी पर ऊँची कूदें मार लाँग-हाई जम्प के नये-नये कीर्तिमान स्थापित करने की होड़ में अजब समाँ बाँध देती हैं। देखिए तो कैसे एक आदमी को व्हेल मछली के पंजे से छुड़ाकर ले आई हैं। बड़ी चालाक हैं। स्मार्ट, फ़ुर्तीली और हँसमुख! भारी-भरकम व्हेलों को एकदम चक्कर में डाल देती हैं। इन नन्ही बच्चियों सी डाल्फिनों की ताक़त कम नहीं है, लड़ना-झपटना भी जानती हैं, पर बिना छेड़े ये कभी आप पर हमला नहीं करेंगी। बिना कारण का कटखनापन तो आदमियों की खसूसियत है। ये दोस्ती निभाना जानती हैं। तभी तो चालाक व्हेल मछलियाँ भी दोस्त बने रहने में ही अपनी ख़ैरियत समझती हैं।

आइए, उधर खुले जलाशय में उन्हें क़रीब से देख लें। दर्जनों दर्शक इन्हें अपने हाथों से इनका मनपसन्द भोजन खिलाते हैं। खिलाकर देखें? अहा! कैसे उछलकर दाना हाथ से छीन लेती हैं और गप्प से अपने मुँह में डाल गटक लेती हैं। वाह री प्यारी डाल्फिनो, देखो तो, कैसी चपल बच्चियों की तरह झपटकर अपनी मनपसन्द चीज़ ली और यह जा वह जा! डर लगा कहीं हाथ ही न खा जाएँ। नहीं, कहीं कोई खरोंच भी नहीं लगी। बड़ी समझदारी और सलीक़े से अपनी चीज़ ले ली। तभी तो नन्हे बच्चे भी अपने हाथों से इन्हें खिलाकर ख़ुश हो रहे हैं।

दूसरी तरफ़, उधर पीत्ज़ा हट के पास 'सी लॉयन' और ऑटर शो चल

रहा है। पेप्सी कोला वाले, 'पाइरेट्स ऑफ़ पिनिपेड' नाम का शो प्रस्तुत कर रहे हैं। जी हाँ, समुद्री शेर कहते हैं इन्हें! देखने में कुत्ते और मगरमच्छ की मिली-जुली शक्लोसूरत वाले ये भयानक से लगते जीव भी यहाँ आदमी के इशारों पर चलते हैं।

पानी के ऊपर बने जहाज़नुमा घर के बीच लुका-छिपी खेल चल रहा है। समुद्री डाकू बने, 'सी लॉयन' जहाज़ से ढेर सारा सामान खींचकर बाहर निकाल रहे हैं। डाकू जो हुए। ऑटर्स सामान धकेलकर वापस जहाज़ के अन्दर घुसा देते हैं। यह आपसी खींचातानी डराती नहीं, ख़ासा मनोरंजन करती है। लोग पेप्सी पीते, चिप्स-आइसक्रीम खाते ठहाके लगाकर हँसते हैं। हँसने के लिए बहाना चाहिए, वजह-बेवजह! आदमियों जैसा व्यवहार करते इन विचित्र जीवों को बच्चे टकटकी लगाकर देखते हैं। अपने मास्टरों के आदेशों का पालन करते, कभी-कभी ये उनके साथ मसखरियाँ भी करते हैं। डाल्फिनें तो सचमुच लाड़ से बिगड़ी बच्चियाँ हैं। देखिए तो, कैसे उस लाल ट्यूनिक पहनी लड़की को घसीटकर पानी में खींच लाई—आओ, आओ, तुम भी हमारे साथ इस नीले-नीले, हिलोरें मारते पानी में कूदकर हमारे साथ खेलो। बड़ा मज़ा आएगा।

'नो, स्टॉप इट।' नीली शर्ट वाली लड़की धमकाती है—'नहीं, आज नहीं, फिर कभी'। लेकिन यह ज़िद्दन माने, तब न? खींच ही लिया उसे भी पानी में और छपा-छप छींटें उछाल मस्तियाने लगी।

'अच्छा भई, तुम जीती, मैं हारी! लो, मैं भी तैरती हूँ तुम्हारे साथ। अब ख़ुश? अरे नहीं, मेरी पीठ पर मत चढ़ना, मारूँगी...।

हिं हिं हिं...। चिढ़ाने के अन्दाज़ में चुलबुली डाल्फिनें छेड़खानी करती हैं और छोड़ देती हैं। चलो, जाने दिया इस बार...'

दर्शक तालियों से स्टेडियम गुँजा देते हैं। आदमी की भाषा समझनेवाले ये जीव अपनी हुंकारों-पुकारों से अपनी ख़ुशी, खीज, अपनी नाराज़गी दिखाते हैं। अजीब-सा संवेदन का तार जुड़ा है आदमी और बेज़ुबान जीवों के बीच!

उधर कैंडी शॉप से लोग कैंडीज़ ले रहे हैं, पॉपकार्न, सैंडविचिज़,

आइसक्रीम। खाते-खाते नज़ारा देखते जा रहे हैं। मजाल है, कोई रैपर या बचा हुआ खाना, आइसक्रीम कोन रास्ते पर गिरा दें। 'यूज़ मी' डिब्बों में कचरा सावधानी से लपेटकर डाला जाता है। इन्हें देखकर अपने देश की पिकनिकें याद आती हैं जहाँ पिकनिक से लौटने के बाद पार्क, जगह-जगह बिखरे कचरे, काग़ज़, खाद्य सामग्री और उन पर झपटते कुत्तों का कूड़ाघर नज़र आता है। और हमें शर्मिन्दगी भी नहीं होती अपनी आदतों पर! बहरहाल!

घूमते-घूमते प्यास लगती है, तो कुछ टूँगने का मन भी करता है। उधर 'कैसेकेड ग्रिल एंड कैफ़े' के पास ख़ासी भीड़ इकट्ठा हो गई है। चिकन एंड बिस्किट शॉप पर सैलानी खड़े-खड़े चिकन नगेट और फ्रेंच फ्राइज़ के मज़े ले रहे हैं। बियर के बड़े-बड़े गिलास भी उपलब्ध हैं। हम ही क्यों संकोच करें? आप क्या लेना पसन्द करेंगे? सी वर्ल्ड की स्पेशल कुकीज़, मफ़िन, सिनेमन रोल या फ्रास्टी योगर्ट?

वह पास ही, 'द हब्बस सी वर्ल्ड रिसर्च इंस्टिट्यूट' का बोर्ड देख रहे हैं न? वहाँ सामुद्रिक जीवों और मनुष्य के आपसी व्यवहार, भावनाओं और प्रतिक्रियाओं पर शोध होता है। उधर देखें क्या पढ़ाया-सिखाया जाता है। 1963 में इसकी स्थापना हुई है। इसका उद्देश्य है दुर्लभ हो रहे सामुद्रिक जीवों व अनमोल ख़ज़ानों की खोज और संरक्षण।

एन्हेंसर बुश कम्पनियाँ और हब्बस रिसर्च इंस्टिट्यूट के समर्पित कार्यकर्ता मिलकर इस 'सी वर्ल्ड' में सामुद्रिक जीवों के शोध एवं संरक्षण का दायित्व उठाते हैं। जगह-जगह पर बने पक्के प्लेटफ़ॉर्मों पर छात्रों / जिज्ञासुओं को इकट्ठा कर उन्हें भाषणों, वीडियो टेपों द्वारा सी वर्ल्ड पार्कों और उनमें पलते जीवों का इतिहास एवं महत्त्व समझाया जाता है। ख़त्म होती व्हेल, डाल्फिन और शार्क मछलियों को पर्यावरण की सुरक्षा के लिए बचाना कितना ज़रूरी है, उधर 'फारबिडन रीफ़' पर, उथले पानियों में चमगादड़ जैसे जीव पल रहे हैं। लोग उन्हें उनका मनपसन्द भोजन खिला रहे हैं, जो जगह-जगह पर

उपलब्ध है। गहरे पानी में रहस्यमय से लगते 'मोरे ईल' हमने यहीं पर देखे। पानी के इस विशाल साम्राज्य में कितने तो विचित्र आकार-प्रकार के जीव नि:शक घूमते फिरते हैं। इन्हें देखकर सृष्टि के नियन्ता की कारीगरी पर हैरान हुए बिना रहा नहीं जाता। 'कैलिफ़ोर्निया टाइड पूल' में समुद्र के सितारे, सी स्टार्स और सी अर्चिन लुका-छिपी खेल खेलने में व्यस्त और मस्त हैं। आप चाहें तो उन्हें छू सकते हैं, पर ये हाथ लगाने दें, तब न? नीले पानियों को अपने चमकीले-लिशकदार पंखों की कौंध से चौंधियाती ये नन्ही सुन्दर मछलियाँ, इन टिमकते तारों को छूना आसान नहीं। अपने चौतरफ़ा रोशनी का जाल बुनती ये चपल हरकतों से पानी के तलघर से लेकर सतह तक आवाजाही करती हैं। बिलकुल ज़री की गोट लगी चुनरी ओढ़े अल्हड़ किशोरियों की तरह एक पल झलक दिखाकर आँख की ओट! अभी दिखी, अभी ओझल, नज़रों को तरसती छोड़कर कि कब दीदार दिखाएँगी?

सी वर्ल्ड पार्क में जगह-जगह गहरे पानियों के ताल व जलाशय बने हैं। उधर पेड़ों की छतरियों के पास बने ताल में 'अलास्का सी आटर' विराजमान हैं। इन्हें प्रिंस विलियम, साउंड आइल स्पिल से बचाकर यहाँ लाया गया है और पूरे एहतियात और प्यार से इनकी देखभाल की जाती है। इधर के ताल में जो सी लायन और सील मछलियाँ दिखाई दे रही हैं, इन्हें सागर तटों से यहाँ लाया गया है। यहाँ इनके स्वास्थ्य की सही देखभाल होती है। और ये सी टर्टल, सुस्त से लगते, ये नक़्क़ाशीदार सख़्त पीठ के कछुए खाने के मामले में ज़्यादा सुस्त नहीं हैं। दाना डालकर देखिए, कैसे गर्दन उठाकर, बिना आपको पहचाने लपककर, दाना मुँह में दबोच गप्प कर जाते हैं।

वहाँ देखिए, वीडियो पर सागर के अनावृत रहस्यों को जनसमूह के सामने खोला जा रहा है। बर्फ़ के मैदानों में, 'ठुमक चलत नन्दलाल' की भंगिमा में चलते, अंटार्कटिक के पेंगुइन, आर्कटिक एलसिड, सिर्फ़ आनन्द-मग्न ही नहीं करते, अपनी अनोखी अदा से गुदगुदाते भी हैं। यहाँ बर्फ़ीले

यख़ प्रदेशों में रहते इन प्यारे जीवों के इतिहास की जानकारी दी जाती

है। मछलियों व अन्य जलजीवों के जल कुंडों में हज़ारों क़िस्म के जीवों के साथ, चार आँखों वाली मछली हमने यहीं देखी और वह कैट फ़िश? बिलकुल उलटी टँगी नज़र आती है, पर है नहीं। इसकी शक्लोसूरत ही कुछ उलट-पुलट सी है। सी एक्वेरियम में मछलियों के अलावा 'कोरल' की हज़ारहा क़िस्में देखिए। स्नोबॉल जैसे गुच्छागुच्छ सफ़ेद कोरल। मन करे कि छू लें, पर छूने की हिमाक़त की, कि तीखे काँटों के नश्तर हाथों को लहूलुहान कर देंगे। मोती-माणिक, सीप-शंख और क़िस्म-क़िस्म के कोरल! पानी के अन्दर रंगों का अनुपम कोलाज! उस रंगीले प्रिज़्म में तारों-सी टिमकती, पारे सी फिसलती, रंगों के गुलाल उड़ाती, अनोखे आकारों की, हुजूम की हुजूम मछलियाँ।

'वॉटरस्की लैगून' के नीचे बने एक्वेरियम में तो संसार-भर की सामुद्रिक माछ और जल-जीव निःशंक तफ़रीह करते नज़र आते हैं।

'केपिन किड्स वर्ल्ड', में हर उम्र के लोगों के लिए चुनौती भरे खेलों का इन्तज़ाम है। रिमोट कंट्रोल बोटों के साथ बच्चे खेलों का आनन्द ले रहे हैं। 'वाटर स्की लैगून', में शो चल रहा है—

ब्लैंकेट स्की पार्टी, यह सी वर्ल्ड का नया आकर्षण है। दुनिया-भर के कुशल स्कीइंग जाननेवाले यहाँ सागर के सीने में फेनिल तूफ़ान उठाते हैं, बीच ब्लैंकेट स्की पार्टी के युवक-युवतियाँ इन्द्रधनुषी स्विमिंग कॉस्ट्यूम्स में सजे, स्की बोट के साथ अड़ोल सागर को गहराते उद्वेलन से चीर देते हैं। दूर-दूर तक झागल लहरों में किल्लोल करता सागर युवा साहस पर मुग्ध है, हँस रहा है, वह यौवन ही क्या जो ख़तरों से खेलने का दम न रखता हो। स्टेडियम में बैठकर देखिए तो स्की बोटों के रस्से थामे स्की करती लड़कियाँ-लड़के लाल-नीले-पीले गुलाबों की पंखुड़ियाँ नज़र आते हैं!

सी वर्ल्ड में आपने आसमानी सवारी न की तो क्या किया?

बे साइड स्काई राइड की क्यू में खड़े हो जाइए और आकाश छूते खम्भों से बँधे तारों से लटकते हिंडोलों में बैठकर सी वर्ल्ड पार्क का आकाशी नज़ारा देखिए। बे एरिया के किनारे-किनारे दूर तक सागर की नीली-नीली जलराशि का थिरकना मुग्ध करता है। शमू स्टेडियम के पीछे दस-दस फ़ुट ऊँची कूदें

मारती व्हेल मछलियों का आतंक भरा नज़ारा देखते ही बनता है। सूरज की किरणें चूमता सागर थिरकनों से सुवर्ण आभा बिखेरता किलक उठता है। दूसरी तरफ़ 'स्काई टावर' राइड में भी लोग मगन हैं। साउथ वेस्ट एयरलाइंस के सौजन्य से बने इस 265 फ़ुट ऊँचे टावर से सी वर्ल्ड के साथ सागर किनारे लेटा शान्त सेन डियागो शहर भी बेहद ख़ूबसूरत नज़र आता है। हरी छतरियों तले माचिस की डिबियों से लगते घर, फिसलबंडे सी चिकनी सड़कों का जाल और सूर्य किरणों से झिलमिलाता पानियों का संसार, जिसमें स्की पार्टी झागदार लहरों के भँवर उठा-गिरा रही है।

और शहंशाह सागर मुस्कराता है, नन्हे बच्चों की शोख़ गुस्ताख़ियों पर! सागर, क्षिति, जल, पावक, गगन, समीरा के रहस्य-रोमांच और मनुष्य और ख़ूँख़ार जन्तुओं का प्यार भरा रिश्ता। दोस्ती का निराला आलम! यहाँ भयानक कुछ भी नहीं।

किलर व्हेल मछलियाँ भी आदमी से दोस्ती निभाती हैं। साथ खेलते, हँसते-बोलते बेज़ुबान जीव अपने करतबों से प्यार बाँटते हैं। डाल्फिनें मन में ममता जगाती हैं, आरेंज फ़्लेमेंगो अपने संतरी पंखों की अदाओं से ताल में सिन्दूरी छटा बिखेरती है...!

चारों ओर प्यार और दोस्ती का मायाजाल!

हम सी वर्ल्ड से लौटे तो लगा समृद्ध होकर। 'मानव तुम सुन्दरतम' के गुमान में फूले, हम तो भूल ही गए हैं कि देखनेवाली आँख और महसूस करनेवाला मन हो तो असुन्दर और भयावह भी सुन्दर और प्यार के क़ाबिल हो जाता है!

योसिमिटी नेशनल पार्क!

अजेय पर्वत शिखरों, आबशारों और अल्हड़ मर्सेड की जन्नत!

जब भी हम बेटे को विज़िट करने कैलिफ़ोर्निया जाते हैं, वह हफ़्ते भर का प्रोग्राम बनाकर हमें अमेरिका के किसी न किसी ख़ूबसूरत प्रदेश या पिकनिक स्पॉट की सैर ज़रूर कराता है। जानता है, घुमक्कड़ी की शौक़ीन माँ के लिए इससे बड़ा कोई तोहफ़ा नहीं हो सकता!

इस बार उसने योसिमिटी नेशनल पार्क की तारीफ़ तो सुनी थी, नेट पर आकाश छूते बर्फ़ ढके विशाल पर्वतों को देखकर अपने हिम आच्छादित हिमालय के शिखर याद आए थे। उसे कश्मीर के पहलगाम, यूसमर्ग, अमरनाथ और हरमुख के साथ जोड़कर देखा था।

स्विट्ज़रलैंड के बारे में सुना था, कश्मीर के प्राकृतिक सौन्दर्य का मुक़ाबला कर सकता है, पर योसिमिटी? उत्सुक मन ने कहा, बिना देखे कैसे विश्वास करें?

कैलिफ़ोर्निया में बसे अपने दोस्त, नातेदार, जो योसिमिटी नेशनल पार्क विज़िट कर चुके थे, इसकी तुलना पहलगाम की लिद्दर नदी, यूसमर्ग के चरागाह, चन्दनवाड़ी के चीड़, चिनार, देवदारु से करते। 'आह! योसिमिटी के आसमान छूते पहाड़, ग्रेनाइट क्लिफ्स, स्कोया के जंगल, कितने लाजवाब!' तारीफ़ इतनी ज़्यादा की गई कि हमारा मन भी इस दूसरे जन्नते बेनज़ीर को देखने के लिए उत्सुक हो गया, संजय ने बिना वक़्त गँवाए प्रोग्राम बनाया, और हम ज़रूरी सामान अटैचियों-बैगों में भरकर सैन फ्रांसिस्को से सपरिवार योसिमिटी नेशनल पार्क के लिए रवाना हो गए!

संजय ने योसिमिटी का रोड मैप सँभाला, कार में जी पी एस पर योसिमिटी नेशनल पार्क का एड्रेस फ़ीड किया। तीन दिन का कार्यक्रम बना था तो ज़रूरी सामान के साथ स्विम सूट्स, हैट्स, सनस्क्रीन आदि-इत्यादि चीज़ें कार की डिकी में भर दी गई।

कहीं समतल, कहीं घुमावदार लिशकती सड़कों पर कार दौड़ती रही और हम पहलगाम, गुलमर्ग के हरियल संसार, बर्फ़ के बेदाग़ दुपट्टे ओढ़े हिमालय के आकाश से बतियाते शिखरों को याद करते रहे। कैलिफ़ोर्निया का वातावरण कुछ-कुछ रेतीला है, जो भी हरियाली है, वह प्रकृति की मेहरबानी से कम, यहाँ के बाशिन्दों के श्रम, जीवन शैली और सलीक़े का नतीजा ज़्यादा दिखती है। अमेरिकी मिट्टी से सोना निकालना जानते हैं। पता नहीं, सोना यहाँ है या नहीं, कभी रहा हो शायद, इसका आभास हमें तब हुआ, जब हमने, रिवर वॉटर राफ़्टिंग के दौरान, अमेरिकन रिवर में कई खोजियों को पानी में जाल फेंक रेत इकट्ठा करते देखा। उस रेत में कुछ स्वर्ण कण चमक रहे थे, जिन्हें कई खोजी बारीक छलनी में छानकर इकट्ठा कर रहे थे। बहरहाल! आएँ अपने गन्तव्य योसिमिटी पर!

संजय ने योसिमिटी लॉज में जो डबल रूम सुईट बुक किया था वह वादी के बीच बिन्दास बहती मरसेड रिवर के किनारे बैठा हमारी बाट जोह रहा था। क़द्दावर डॉगवुड के दरख़्तों, हवा से कनबतियाँ करते ब्लैक ओक और छतनार चीड़ों के सरसब्ज़ दुशालों से सजा-धजा हमारे स्वागत के लिए तैयार! पहला दिन तो सुईट के बरामदे में बैठ, अल्हड़ मरसेड का किनारों को थपक-थपक लाड़ लड़ाना, ढोक-चट्टानों पर कूद-फाँद शोर मचाने का मनभावन खेल देखने में ही बीत गया। नदी को लगभग छूते हुए, क़तारों में पहाड़ खड़े थे। तहदार पर्वत, विशाल नग! देखते ही अनायास, 'नगपति विशाल' याद हो आए! नीचे मुलायम हरियाली से अटे, ऊपर चट्टानी सीना ताने गुमान भरे शहंशाहों के शहंशाह! देखने को यहाँ बहुत कुछ था, योसिमिटी फ़ॉल, रिबन फ़ॉल, ब्राइडल वेल फ़ॉल, हॉर्सटेल फ़ॉल, वरनल फ़ॉल और बेशुमार क्रीक्स! पहाड़ों की छाती से रिस-रिसकर दूध की धारों में बहते आबशार!

चट्टानी पहाड़ों के शीश पर बैठे हाफडोम और ग्लेशर पॉइंट्स को अभिभूत करनेवाला विलक्षण सौन्दर्य। निरन्तर वेग से घिस-घिसकर चिकने हुए नन्हे वटों के ऊपर गुज़रती छोटी-बड़ी नदियों की कलकल ध्वनियाँ, मीठी-मोहक स्वर लहरियाँ बनकर पूरे माहौल में ख़ुशनुमा समां बाँध रही थीं, और क़द्दावर पहाड़ों की संधों से फूट आए मनचले झरनों का तो कहना ही क्या, वे तो योसिमिटी नेशनल पार्क में विभिन्न वाद्यों का आर्केस्ट्रा बनकर सैलानियों को अपने जादू से मोह रहे थे! यहाँ का जादुई माहौल यात्रियों की सुधबुध ही न भुला दे, इस सम्भावना के मद्देनज़र पार्क की सीमा में प्रवेश करने से पहले ही उन्हें हिदायत दी जाती है कि होटल के कमरों की खिड़कियाँ-दरवाज़े रात को ठीक से बन्द रखें। कार में खाने की सामग्री न रखें, आधी रात में जंगल में रहने वाले भालू खाने की तलाश में नीचे उतर आते हैं और गाड़ियों के शीशे तोड़कर खाना निकाल लेते हैं...!

सो हमने हिदायतों का मान रखने की ख़ातिर और अपनी जान की सलामती के लिए ज़रूरी निर्देशों का पालन किया, सोने से पहले खिड़कियों-दरवाज़ों की चिटकनियों, डोर लॉक्स को दो बार चेक करना न भूलें!

योसिमिटी आदमी का नहीं प्रकृति का करिश्मा है। आसमान छूते ग्रेनाइट डोम्ज़, बेशुमार, क्लिफ्स, स्कोया के दरख़्तों, गहरी खाई-खंदकों, क़द्दावर सियारा वृक्षों और पहाड़ों से अटी ख़ूबसूरत वादी, जहाँ क़िस्म-क़िस्म की जंगली झाड़ियों और, वनस्पतियों की मोहक ख़ुशबू सनी तरल हवाएँ तपते तन-मन को सुकून की थपकियाँ देती हैं।

कहीं ग्रेनाइट के, ऊँची क़द-काठी पर गुमान करते नंग-धड़ंग पहाड़, आसमान छू रहे हैं, तो कहीं उम्रदराज़ स्कोया के दरख्त आकाश ढाँप सरसब्ज़ ओढ़नियों से उन्हें कमर तक ढक रहे हैं। कहीं पहाड़ों की चोटियों पर कोई अदृश्य चित्रकार बर्फ़ के जादुई रेखाचित्र बनाता है, जो मौसम के हिसाब से बहना, रुकना या जम जाना जानते हैं। पूरा परिदृश्य आदमी को बौनेपन के अहसास से भर देता है! और जाने-अनजाने प्रकृति नये-नये रूपों में ढल कर, हमें जीवन और जगत को देखने-समझने की उदार दृष्टि भी देती है!

जॉन म्यूर ने योसिमिटी वादी के आकाश छूते हाफडोम, ग्रेनाइट क्लिफ्स, सिपाहियों जैसे खड़े उम्रदराज़ दरख़्तों और महकती झाड़ियों को चकित-मुदित होकर देखा था। हरे रिबन से बँधे किनारों बीच ढोक-चट्टानों पर कूद-फाँद बिन्दास बहती मरसेड नदी को देखकर कहा था, "मैं भाग्यशाली हूँ जो मुझे प्रकृति के इस भव्यतम मन्दिर में प्रवेश करने की इजाज़त मिली है" जॉन म्यूर ने योसिमिटी वादी को, 'ग्रैंडेस्ट ऑफ़ ऑल द स्पेशल टेंपल्स ऑफ़ नेचर,' कहा था। प्रकृति का भव्यतम मन्दिर, जहाँ पहुँचकर आदमी अन्तर तक उतरते उल्लास भरे अनुभव से सराबोर हो जाता है। पेड़ों और झाड़ियों से आती भीनी-भीनी महक, जड़ी-बूटियों की सुवास और बर्फ़ीले शिखरों को छूकर आती तरल हवा ने यक़ीनन उनके मन-ज़ेहन को उद्वेगहीन कर नई स्फूर्ति से भर दिया होगा।

कई मीलों में फैले इस नेशनल पार्क को पैदल पाँव चलकर देखना हमारे लिए मुमकिन नहीं था, घने जंगलों से गुज़रते कब-कौन जंगली जानवर मौज में आकर आप पर झपट्टा मारे, इसकी सम्भावना तो थी ही। यही वजह रही होगी कि बाहर से आए यात्री कारों में बैठकर ही जंगलों का नज़ारा करते हैं। पहाड़ों के घेरे में घने पेड़ों के साये में सुस्ताते पार्क, आतंक भरे सुख से सराबोर कर देते हैं। पहाड़ों से लुढ़ककर पशु-पक्षियों की शक्लों में इधर-उधर छितर आई चट्टानें हमें तो खा-पी कर सुस्ताते चीते-भालू जैसे दिखाई पड़े! क़िस्म-क़िस्म के पक्षियों की सुरीली बोलियों, आकुल पुकारों से पूरा परिदृश्य चहकता महसूस हुआ! कैसा तो शान्त, निर्द्वंद्व वातावरण!

योसिमिटी नेशनल पार्क का भूगोल चार भागों में बँटा हुआ है, हाई सियरा, ग्रेनाइट क्लिफ्स, सेकोया ग्रूव्ज़ और वैली!

हाई सियरा में ग्रेनाइट के चिकने पहाड़, आकाश छूने की फ़िराक़ में सिर उठाए मुस्तैदी से खड़े हैं। कहीं-कहीं करेवानुमा छोटी-छोटी पहाड़ियों के दामन में खुले चरागाहों में कुछ चौपाए भोजन की तलाश में इधर-उधर घूमते नज़र आते हैं। वातावरण शान्त और स्वच्छ! कोई शोर-शराबा नहीं। कभी आकाश में उड़ान भरते किसी पक्षी की कुरलाहट वनदेवी की नींद

में ख़लल डालती है, कभी कोई अकेला पांखी संग-साथ के लिए प्रेमिका को मीठी बोली में पुकारता है, चिरियो...चिरियो...कहाँ हो?

ग्लेशियर यहाँ लैंडस्केप की शक्लें बदलते हैं। जब वे बहना शुरू करते हैं, तो कहीं ढोक पत्थरों को छूकर निकलते हैं, कहीं कुशल शिल्पी की तरह वृहदाकार चट्टानों को अदृश्य छैनी से छील-काटकर मनचाहे रूप देते हैं। बहते ग्लेशियरों के कमाल ने ही ठस्स और ठोस पहाड़ों को काट-छीलकर लैम्बर्ट डोम का वृहत् आकार दिया है, जो सूरज के उजास में इतना लिशकदार नज़र आता है कि पक्षी भी उस पर पैर टिकाए तो फिसल जाए! ढक्कन लगी बोतल सा दिखता कैथेड्रल पीक, ग्लेशियरों की मारक शक्ति के कोप से बचा, जाने कब से ग्लेशियरों से ऊपर, ऊँचाई पर खड़ा है! पहाड़ चट्टानों को यहाँ-वहाँ गिराने लगे हैं। ऐसे भारी-भरकम पत्थर हमने हैदराबाद के गोलकुंडा फ़ोर्ट के पास बिखरे देखे थे। कुछ पत्थर पशु-पक्षियों की शक्लों में पेड़ों के साये में सुस्ताते नज़र आते हैं। इधर कोई भालू धूप सेंक रहा है, उधर बतख़ों का झुंड गोल घेरे में बैठा कोई समस्या सुलझा रहा है, वहाँ देखो, ठंडी जलवायु के आदी पिका पक्षी, मरमोत, और नटक्रैकर गर्मी से बचने के लिए चट्टानों के बीच जगह बनाकर बैठे हैं। पहाड़ अगर बचे नहीं तो जाने ये पिका पक्षी कहाँ बसेरा करेंगे! पर्यावरण जिस तेज़ी से गरमा रहा है, प्रकृति भी अपना रूप-रंग बदलने लगी है!

ग्रेनाइट क्लिप्स-योसिमिटी के आसमान छूते ग्रेनाइट के पहाड़ों के शिखर यात्रियों के आगे चुनौती बनकर खड़े हैं, 'कोई हम तक पहुँचकर देखे तो!'

1868 ई. की, योसिमिटी गाइड बुक में लिखा है, 'हाफ़डोम के ऊँचे शिखर पर मनुष्य के पैर कभी नहीं पड़ेंगे', लेकिन मनुष्य के भीतर जो प्रकृति से होड़ लेने का जज़्बा है, जो अजेय जिजीविषा और हार न मानने की ज़िद है, उसी ने जार्ज एंडरसन को चुनौती स्वीकार करने का साहस दिया और 1875 में पहली बार मानव के पैर हाफडोम के अजेय शिखर पर पड़े!

पर्वतारोहण में रुचि रखनेवालों में हाफडोम और 'एल केपितान', जैसी ऊँची चोटियों के बारे में ज़्यादा जानने की जिज्ञासा आज भी कम नहीं हुई है।

प्रकृति का इतना अपार, अपरिमित रूपाकार कैसे बना?

अमेरिकन इंडियंज़ के दिलोदिमाग़ में कथा-किंवदंतियों ने कई विश्वास भर दिये हैं। हमारी दादियों-पड़दादियों जैसे तर्कहीन विश्वास! योसिमिटी के बारे में वे मानते हैं कि किसी ज़माने में एक दम्पती आपस में बहुत लड़ते-झगड़ते थे। कुछ नाराज़ आत्माओं ने उन्हें शाप दिया, 'जाओ, अगले जन्म में तुम पत्थर बन जाओ!' यानी आपस में लड़ने-झगड़ने की रामबाण सज़ा!

अब वे हाफडोम और नॉर्थडोम के वृहताकार रूप में ढलकर, योसिमिटी वादी में एक दूसरे की ओर मुँह किये खड़े हैं, हमेशा के लिए ख़ामोश!

भूगर्भ विज्ञानी सौ वर्षों से इन वृहताकार चट्टानों के रहस्य खोजने में लगे हैं। उनके शोध के अनुसार योसिमिटी की दीवारें ज़मीन के अन्दर पाँच मील तक फैली थीं। समय बीतने के साथ धीरे-धीरे ऊपर की चट्टानें गिरती गईं और ग्रेनाइट नंगे होकर ऊपर उठते गए। प्राकृतिक शक्तियाँ—आज भी इन पहाड़ों को तराशती रहती हैं। पत्थर गिरने से पहाड़ों पर कहीं खाइयाँ बनी हैं, कहीं खंदक! बर्फ़, पानी, पेड़-पौधे और गुरुत्वाकर्षण लाखों वर्षों से इन ग्रेनाइट की दीवारों को विभिन्न आकार देते रहे हैं।

सेकोया ग्रूव्ज़-लम्बे-ऊँचे सेकोया के दरख़्त डील-डौल में इतने विशाल हैं कि ऊँचे से ऊँचे चीड़ के वृक्ष उनके सामने बौने दिखते हैं। उनकी उम्र दो हज़ार साल के आसपास मानी जाती है। पचीस फ़ुट मोटे तनेवाले इन पेड़ों ने योसिमिटी नेशनल पार्क बनाने में बड़ी भूमिका अदा की है। रेंजर्स इन पेड़ों के पत्ते, तने और कोन की शक्लें अपने पोशाकों पर बनाते हैं। प्रेज़िडेंट लिंकन ने 1864 में एक बिल पास कराया था, जिसके मुताबिक़ मैरी पोज़ा ग्रूव्ज़ और योसिमिटी वादी एक तरफ़ रखे गए। कई वर्ष पहले इन जंगलों में आग लगने लगी, जिससे चीड़ और सेडर के पेड़ जलकर राख हो गए, लेकिन राख होकर भी उन्होंने अपना वजूद बनाए रखा। राख मिट्टी में मिलकर खाद बन गई और जंगल को उर्वर कर हरे चरागाह का उपहार दे दिया। हवा ने

नन्हे बीज मिट्टी में रोप दिये, बीज फिर से पेड़ों का आकार लेने लगे और जंगल प्रान्त सेकोया के पेड़ों से लहलहा गया। प्रकृति यहाँ अपने लिए ख़ुद ही रास्ते बनाती है, कुछ ढहाकर, कुछ जलाकर योसिमिटी नेशनल पार्क की ख़ूबसूरती पर आँच नहीं आने देती!

वादी

योसिमिटी वादी में अधिकांश समय मर्सेड नदी शान्ति से मज़े-मज़े बहती रहती है, ढोक चट्टानों के बीच रास्ते बनाती, किनारों पर पेड़ों-झाड़ियों के रिबन सजाती वादी को सरसब्ज़ बनाए रखती है। पानी से टहटह फ़ॉल्स के मनमौजी प्रवाह में बेजान पत्थर भी यहाँ बहते नज़र आते हैं। योसिमिटी पार्क की ख़ूबसूरती से खिंचे आए युवा सैलानी यहाँ पहाड़ों के शिखरों, संधों से फूटकर ख़ूब शोर-शराबे के साथ बहते, धरती पर नदियाँ बनाते, विशाल आबशारों से भी कम छेड़छाड़ नहीं करते। कुछ अतिरिक्त उत्साही युवक फॉल के प्रचंड वेग से अपना बचाव करते, दाएँ-बाएँ पाँव टिकाने की जगह बना पर्वतारोहण का शौक़ पूरा करना चाहते हैं। हमारा बेटा संजय भी रिस्क लेने में किसी से पीछे नहीं। फिसलते पत्थरों पर एहतियात से पाँव रखते, खूँटियों की शक्ल में यहाँ-वहाँ उझक आए नुकीले पत्थरों का सहारा लेकर विशाल पहाड़ की ऊँचाई को आठ-दस फ़ुट तक नाप आया, नीचे हम साँस रोककर खड़े अघट घटने की आशंका से भयभीत, उसकी सलामती के लिए दुआ करते रहे। संजय रपटीले पत्थरों पर विजेता की तरह खड़ा हो गया पर हम भयमारे, ख़तरों के खिलाड़ी को कोई दाद नहीं दे पाए। हाथों, आवाज़ों से उसे वापस लौटने के इशारा करते रहे। हम तक सही-सलामत पहुँचा तो राहत की साँस ली!

जॉन म्यूर ने ठीक ही लिखा है कि यहाँ सब कुछ बहता नज़र आता है। चारों तरफ़ शोर-शराबे के साथ बहते फॉल, कोई दुल्हन के वेल की शक्ल में बहता ब्राइडल फॉल, कहीं घोड़े की दुम के आकार में बहता हॉर्सटेल

फॉल! प्रकृति ने अपनी कूँची से योसिमिटी पार्क के मीलोंमील लम्बे-चौड़े कैनवस पर इन फॉल्ज़ के साथ, कहीं विशाल ग्रेनाइट डोम्ज़ और नंगे निचाट क्लिफ्स की चित्रकारी कर दी, और पहाड़ों के ठस और ठोस मर्दाना शक्ल के साथ, स्कोया और सियारा के, हरे परिधान में सजे-धजे वृक्षों की पाँतें उकेर दीं, ज्यों रेतीले दिल वालों को, पुरवैया के साथ कनबतियाँ करती शोख़ कुमारियाँ, कोई कोमल राग सुना रही हो।

यहाँ इधर-उधर फैले छोटे-बड़े चरागाहों में ब्लैक ओक उगते हैं। हिरण, भालू, वुडपेकर्स और तमाम पंछी यहाँ पेड़ों के फलों से कार्न व खाना पाते हैं। रेड इंडियंस भी यहीं आसपास उगते क़िस्म-क़िस्म के फलों लदे पेड़ों से भोजन की ज़रूरतें पूरी कर लेते हैं।

इधर के बसकीन कहते हैं, जब से मर्सेड में बाढ़ आने लगी है, वादी में बदलाव नज़र आने लगा है। पहाड़ों से भारी पत्थर गिरने से उनकी शक्लें बदलने लगी हैं।

मर्सेड नदी ने हमें कश्मीर के पहलगाम में इठलाकर गुज़रती चंचल नदी लिद्दर की याद दिलाई।

चम्बा वैली में ढोक-चट्टानों से लड़ियाती, कहीं उछलती, कहीं अपने वेग की रास सँभालती चम्बल नदी का मिज़ाज भी मर्सेड़ से काफ़ी मिलता-जुलता लगा, जिसके मोहक सौन्दर्य से मुग्ध, वैली की अल्हड़ कुमारियाँ सखियों के संग चम्बल की फुहारों में भीगने को मचल उठती हैं लोकगीतों में उनकी आवाज़ मनुहार सी करती है—

गोरी दा चित्त लागा, चम्बे दिया धारां
तू चल हा ज़िन्दे चलिए
चम्बे दिया धारां...

प्रकृति समभाव से देश-विदेश में अपना रूप-सौन्दर्य बिखेर देती है। वहाँ खिलनमर्ग के विस्तीर्ण चरागाह, अफ्रीका के घने जंगल, मुज़फ़्फ़राबाद में गरजती कृष्णगंगा, मरुस्थली लद्दाख को सींचती सिन्धु नदी में कोई भेदभाव

नहीं। विशाल सागर, नद-ताल! क्षिति, जल, पावक, गगन, समीरा, पर उसका राज्य है। उसका मन आए तो अपने उन्मुक्त सौन्दर्य को तह-दर-तह खोल समस्त सृष्टि को नन्दन कानन बना दे, मूड आए तो सुनामी का क़हर बरसाकर सृष्टि को ध्वस्त कर दे!

फ़िलहाल, मर्सेड रिवर को पलकें उठाकर देखते लॉज के वरंडा में बैठ चाय पीते, हमें परिसर में कुछ हरियल पहाड़ों के पहरे में निश्चिन्त लेटा स्विमिंग पूल नज़र आया हुड़दंग मचाते युवा सैलानियों से दूर, निःशब्द! हम पूल के पास चले गए तो थोड़ी-थोड़ी दूरियों पर, एक नहीं, कई-कई आकाशी रंग के पारदर्शी तरणताल दिखाई पढ़े, जहाँ तितर खंबी बदलियों से आँखमिचौनी खेलता सूरज, सुबह की अलसाई मुद्रा में लेटे ताल में छिपने के बहाने पानी पर सुनहरा रंग बिखेर रहा था। बच्चे हमसे पहले स्विम सूट पहन स्विमिंग के लिए तैयार हो गए, छोटे पूल में छप-छप छींटे उछाल पानी में उधम मचाते रहे।

स्निग्ध माहौल, नायाब पुष्प गंध और चीड़ों की मोहक गंध से महकती पुरवाई! पेड़ों, सतरंगी झाड़ियों के घेरे में चुपचाप आसमान ताकता, सूर्य बिम्बों में मुस्कराता तरणताल ख़ामोश इशारों से हमें लिपटने को बुला रहा था, भला इस प्यार भरे निःशब्द आमंत्रण से कैसे हमारा मन न डोलता?

आसमान पर तितरखंबी बदलियों बीच उचक-उचक हमें देखते सूरज की मुलायम धूप में, हम उम्र की सीमाएँ लाँघ, पानी उछाल-उछाल नीले पानी में लहरें उठाते रहे! मैंने वितस्ता को याद किया, डॉ. विशिन ने झील डल को!

संजय मिशेल बड़े पूल में एक-दूसरे से होड़ लेते पूल के एक किनारे से दूसरे किनारे तक मछलियों से तैरते रहे!

अभी हम सुख की नगरी में विहार कर रहे थे, आकाश छूते गर्वीले पहाड़ सामने तनकर खड़े थे, और मर्सेड जीवन राग सुनाती खिलखिलाती अपने गन्तव्य की तरफ़ बढ़ रही थी। मैं निःशब्द थी। सच में : कभी-कभी होती है अनहोनी बात, मौन मुखर और शब्द शक्तियाँ परास्त!

आश्चर्य! रात के ख़ामोश प्रहर में मनचली मर्सेड, गुनगुनाकर मेरे मन-

ज़ेहन पर दस्तक दे गई—घर लौटकर इस नायाब मंज़र को याद तो करोगी, हमें भूल तो नहीं जाओगी?

मैंने योसिमिटी को शब्दों में बाँध लिया, कभी न भूलने के लिए यादों में सँजोया! कैसे कहती, तुम मुझे भूलने कहाँ दोगी?

योसिमिटी

सामने पहाड़ हैं
अपनी ऊँचाइयों में गर्वोन्मत्त!
ओक-पाइन की हरियालियाँ
घुटने भर छू पाती हैं!
तह-दर-तह ऊपर उठते विशाल नग
गर्व में तने अकड़े
चुनौतियाँ दे रहे हैं आदम के सामर्थ्य को!
चट्टानी सिरों पर हाफडोम और
ग्लेशियर पॉइंट्स के ताज धरे!
भला आतंकित क्यों हों
बिन्दास बहती नदियाँ?
चट्टानी छातियों में खोजना जानती हैं
ढकी-मुँदी दरकनें,
छलक आती हैं गरजते आबशारों में!
खिलखिलाते झरनों में!
योसिमिटी के बेशुमार क्रीक्स
और फॉल्स गवाह हैं!
इधर रिबन फॉल्स,
उधर ब्राइडल वेल फॉल
अनावृत अहंकार को ढक देते हैं
सकोया के घने जंगल!

और यह मर्सेड नदी?
कई-कई रूप धरती मनचली
कहीं फेनिल शोर में बहती
ढोक चट्टानों से लाड़ लड़ाती
कहीं उथले किनारों को सहलाती!
कभी पहलगाम की लिद्दर
तो कभी गरजती कृष्णगंगा
और कभी
शान्त तपस्विनी वितस्ता!
न विगत में रुकी है
न वर्तमान में!
कैसी तो मनचली योसिमिटी की ये लड़कियाँ
बहने और जीने का मंत्र जानती हैं!
पहाड़ तो पहाड़ हैं
ठस्स, बेहिस्स, अड़ियल!
नदियाँ समा गई हैं मेरे भीतर!

पशुपतिनाथ धाम में सार्क लेखक सम्मेलन

तीस नवम्बर की सुहानी दोपहर! इंडियन एयरलाइंस की आई.सी. 813 की फ़्लाइट से हम, सार्क लेखक सम्मेलन में भाग लेने दिल्ली से काठमांडू की ओर रवाना हुए। अजीत कौर के साथ हम सात लेखक—असग़र वजाहत, देवेन्द्र इस्सर, हिमांशु जोशी, जे.पी. दास, अनखी साहब, पुष्पेश पंत और मैं! हिन्दी-तेलुगू लेखक वाई. लक्ष्मी प्रसाद भी हमारे साथ यात्रा में जुड़े।

पिछले कई वर्षों से अजीत कौर प्रतिबद्धता से पड़ोसी देशों के रचनाकारों को साथ लेकर, सार्क लेखक सम्मेलनों का आयोजन करती आई हैं। वैश्वीकृत समय के इस रचना विरोधी दौर में ऐसे आयोजनों को मैं महत्त्वपूर्ण मानती हूँ, ऐसे आयोजनों से न सिर्फ़ विभिन्न देशों की सांस्कृतिक विरासतों, राजनीतिक-आर्थिक समस्याओं की ज़मीनी हक़ीक़त की पहचान होती है, बल्कि विभिन्न देश-समाजों की परिस्थितियों से उपजे सामाजिक और मानवीय संकटों से भी साक्षात्कार होता है। लेखकों के आपसी संवाद और साहित्यिक रचनाओं के पठन-पाठन से जुड़ाव की सम्भावनाओं के तार भी मज़बूत हो जाते हैं। यों भी साहित्य के केन्द्र में मनुष्य और मानवीय संवेदनाएँ होती हैं जो आपसी समझ और सौहार्द में इज़ाफ़ा भी करती हैं और चेतना का विस्तार भी!

दिल्ली से काठमांडू की कुल डेढ़ घंटे की विमान यात्रा एक-दूसरे से बतियाते और नेपाल के मोहक पर्वतों के अभिभूत करते सौन्दर्य को सराहते, कैसे पूरी हुई, पता भी न चला। क्षितिज पर कहीं गले मिलती शोख़ बदलियाँ थीं, कहीं धुनकी रुई के तूदों में इकट्ठा हुए ढेरों-ढेर बादल, और दूर पहाड़ों

की चोटियों को ढकती बर्फ़ की चुन्नटों वाली चूनर, जिसकी किनारियाँ गुलाबी रंग से रंगने लगी थीं। मुझे अपने कश्मीर के बर्फ़ीले ताजों वाले बुज़ुर्ग पहाड़ याद आए। एसोसिएशन ऑफ़ आइडियाज़! प्रकृति भी तो स्मृतियों पर दस्तक देती, जोड़ने का काम करती है।

कश्मीर के नेपाल से घनिष्ठ सम्बन्ध भी तो रहे हैं। कर्णसिंह जी की पत्नी यशोराज्यलक्ष्मी नेपाल की बेटी रही हैं, जिन्हें मैंने पहली बार किशोरावस्था में अपने घर के बुखारचे से देखा था, जब वे पति के साथ गणेश मन्दिर में पूजा करने आई थीं, जो हमारे घर श्रीनगर के ठीक सामने अपने चमचमाते कलश-कंगूरों के साथ शान से अवस्थित था। कई वर्ष पहले की बात है, तब नेपाल में पूर्ण राजतंत्र की शानो-शौक़त थी। तब से आज तक नेपाल राजनीतिक-प्रशासनिक उथल-पुथल और संघर्ष के कई कठिन दौरों से गुज़रा है। 1 जून, 2001 को यहीं काठमांडू के नारायणहिति राजमहल में नेपाल नरेश बीरेन्द्र विक्रम और रानी ऐश्वर्या के साथ राजपरिवार के नौ सदस्यों की निर्मम हत्या हुई थी। इस दुखद घटना से पूरा नेपाल दहल उठा था। इस जघन्य हत्याकांड के पीछे कौन थे, क्या कारण थे, इस बारे में आज भी अन्दाज़े लगाए जाते हैं। लेकिन नेपाल की जनता क्षुब्ध है। अफ़वाहें बहुत हैं, प्रिंस दीपेन्द्र का प्रेमिका देवयानी से विवाह करने का आग्रह, रानी ऐश्वर्या का सिंधिया ख़ानदान की लड़की को शाही ख़ानदान की बहू बनाने का विरोध, इस पर दीपेन्द्र का क्रोध में आकर परिवार पर गोलियों की बौछार कर ख़ुद पर भी गोली चलाना। कुछ लोग अगले नरेश ज्ञानेन्द्र पर आरोप लगाते हैं, कि वह राजा बनना चाहता था, हो सकता है गद्दी हथियाने के लिए उसने षड्यंत्र रचा हो। कुछ इसमें माओवादियों का भी हाथ मानते हैं। आज तक तो इस हत्याकांड के सच का ख़ुलासा नहीं हुआ। बहरहाल! भीतरी असन्तोष के बावजूद बाहर से सब ठीक-ठाक ही लग रहा था।

काठमांडू के हवाई अड्डे पर सार्क के नेपाल चैप्टर से जुड़े लेखक मित्र फूलों के महकते गुलदस्ते लेकर हमारे स्वागत के लिए खड़े थे। फॉसवाल नेपाल चैप्टर के सेक्रेटरी जनरल थापा, डॉ. रामदयाल राकेश और गीता

केशरी आदि मित्र बड़ी गर्मजोशी से हमसे मिले। गाड़ियों में हमारा सामान रखा गया और हम पार्क विलेज रिज़ॉर्ट, बुद्ध नीलकंठ की ओर रवाना हुए। वहीं बनियान कन्वेंशन सेंटर में कॉन्फ्रेंस का आयोजन होना तय था।

हवाई अड्डे से होटल जाते हम काठमांडू के भीड़ भरे बाज़ारों, कन्धे से कन्धा जोड़े मकानों की क़तारों के बीच से गुज़रे। सड़कों पर देशी-विदेशी सामान से ठसाठस भरी दुकानें थीं, फलों-सब्ज़ियों के ठेले और काला धुआँ फेंकती गाड़ियों का अस्त-व्यस्त प्रवाह था। इंटरनेट-वीडियो और सेलफ़ोन कम्पनियों के बेशुमार इश्तहार, किसी भी भारतीय शहर के पुराने बाज़ार में घुसपैठ करती नई तकनीकी का मंज़र पेश कर रहे थे। और मैं उनमें अपने श्रीनगर की 'ऐलान गली', जम्मू के 'बावड़ा बाज़ार' और दिल्ली के 'क़रोल बाग़' के भीड़-भाड़ की धक्का-मुक्की से व्यस्त और त्रस्त पुराने बाज़ारों में ख़ुद को देखती रही।

नेपाली भाषा हिन्दी से काफ़ी मिलती-जुलती है, लिपि देवनागरी होने से विज्ञापन और सूचना पट्ट पढ़ने में कोई दिक़्क़त नहीं हुई।

होटल पहुँचते शाम होने लगी थी। पहाड़ों के पीछे ढलते सूरज ने अपना गुलाबी-सुनहरा मोहक जाल समेटना शुरू कर दिया था।

पार्क विलेज होटल ख़ूबसूरत रिज़ॉर्ट है। शिवपुरी की पहाड़ियों के दामन में, प्रकृति के आग़ोश में, घने सायेदार वृक्षों, कलात्मक छतरियों और छोटे-छोटे ताल-तलैयों में कूदते झरनों बीच बैठा, कोई ध्यानमग्न योगी हो जैसे! शहर के क़रीब होकर भी शहर के शोर-शराबे से दूर!

लैम्पपोस्टों की मुलायम रौशनी में मुसंडी के लाल फूल मैरून दिख रहे थे। हवा में तीखी ठंड थी।

हम लोग फ्रेश होकर डाइनिंग हॉल में भोजन के लिए इकट्ठा हो गए। वहाँ कॉन्फ्रेंस में शामिल होने, कलकत्ता से रामकुमार मुखर्जी और उड़ीसा से आई प्रतिभा राय से मुलाक़ात हुई। वे एक दिन पहले ही काठमांडू पहुँच गए थे। भोजन कक्ष में लेखक मित्रों से अनौपचारिक बातचीत होती रही। आन्ध्र प्रदेश से सम्मेलन में शिरकत करने आए, वाई लक्ष्मी प्रसाद से हैदराबाद की

यादें ताज़ा की गईं। हिन्दीतर प्रदेश में हिन्दी साहित्य की जोत जलानेवाले बदरीविशाल पित्ती जी से जुड़ी स्मृतियों का साझा हुआ, जिन्होंने 'कल्पना', जैसी स्तरीय पत्रिका निकालकर साहित्यिक पत्रिकाओं में एक मानदंड स्थापित कर दिया था। वे जानते थे कि चार-चार सम्पादकों की स्क्रीनिंग के बाद ही किसी लेखक की रचना कल्पना में प्रकाशित होती थी। नये लेखक के लिए कल्पना में छपना किसी स्वप्न के पूरा होने जैसा विरल अनुभव था। इसे मैं अपनी ख़ुशक़िस्मती समझती हूँ कि मेरी पहली कहानी कल्पना में प्रकाशित हुई थी।

अजीत कौर ने एयरपोर्ट पर ही हमें काठमांडू के कुछ दर्शनीय स्थानों का चार्ट बनाकर थमा दिया था, जिसमें म्यूज़ियम, कुमारियों का स्थल, बूढ़ा नीलकंठ, पशुपतिनाथ मन्दिर, थमल का बाज़ार आदि शामिल थे। सोचा, कल कॉन्फ्रेंस के बाद कुछ समय मिला तो एकाध जगह ज़रूर देखेंगे।

पहली दिसंबर सुबह दस बजे कॉन्फ्रेंस के आरम्भिक सत्र में लेखकों के औपचारिक स्वागत के बाद अध्यक्ष—द्वारिका श्रेष्ठ, मुख्य अतिथि—संस्कृति मंत्री प्रदीप गेवली, डॉ. रामदयाल राकेश, और अजीत कौर के भाषणों-टिप्पणियों से कॉन्फ्रेंस के उद्देश्यों का औपचारिक परिचय दिया गया।

चाय के बाद पहले सत्र में पुष्पेश पन्त, प्रोफ़ेसर जेएनयू को हिन्दी गद्य साहित्य पर पर्चा पढ़ना था। यह अच्छा अवसर था जब हिन्दी साहित्य में सक्रिय भारतीय रचनाकारों के लेखकीय अवदान पर कुछ प्रकाश डाला जा सकता। ग्लोबल होते इस मूल्य खिन्न संक्रान्ति काल में, लेखकों की प्रतिबद्धताओं और मानवीय मूल्यों की पुनर्स्थापना के प्रयासों को कुछ महत्त्वपूर्ण कृतियों को केन्द्र में रख हिन्दी साहित्य की वर्तमान प्रवृत्तियों, बदलते सरोकारों और नये प्रयोगों से नेपाली लेखकों को अवगत कराया जा सकता था। हिन्दी साहित्य में रचनारत चार पीढ़ियों के महत्त्वपूर्ण उपन्यासों, कथाकृतियों का संक्षिप्त परिचय भी दिया जाता तो नेपाली रचनाकारों में उन कृतियों को पढ़ने की उत्सुकता जागती। पसन्द आने पर अनुवाद के इच्छुक साहित्य प्रेमियों को कुछ पुस्तकों का नेपाली भाषा में अनुवाद करने की मंशा को भी बल

मिलता। पंत जी ने भारत-नेपाल सम्बन्धों से जुड़े प्रश्नों-समस्याओं पर कुछ रोचक संस्मरण ज़रूर सुनाए, लेकिन न किसी महत्त्वपूर्ण साहित्यिक कृति का ज़िक्र किया, न ही किसी रचनाकार का नाम लिया। यह काम नेपाली साहित्य के सन्दर्भ में, त्रिभुवन यूनिवर्सिटी के गोविन्दराज भट्टराय ने बख़ूबी किया। हिन्दी कथा साहित्य की तरह नेपाली कथा साहित्य की यात्रा भी सौ वर्ष पूरे कर चुकी है। डॉ. गोविन्दराज भट्टाराय ने गिरीश वल्लभ जोशी के प्रथम उपन्यास 'बिरासिका' से लेकर अब तक के नेपाली साहित्य की प्रवृत्तियों, पारम्परिक से आधुनिक, और आधुनिक से उत्तर-आधुनिक होते रुझानों का संक्षिप्त परिचय देते हुए कुछ महत्त्वपूर्ण कृतियों को रेखांकित किया। कई रचनाकारों की कृतियों के अंग्रेज़ी अनुवादों की जानकारी भी दी, जिसमें रुद्रराज पांडे के उपन्यास रूपमती, बी. पी. कोइराला के 'सुमनिया', ध्रुवचन्द्र गौतम के 'अलिखित', 'फूल को आतंक', भरत जंगम के 'रतो सूर्य' (द रेड सन) तक कई रचनारत लेखकों की कृतियाँ शामिल थीं। इन कृतियों को पढ़कर ग़ैर नेपाली भी नेपाली साहित्य से जुड़कर उसके वैशिष्ट्य का आकलन कर सकते हैं। नेपालियों की सांस्कृतिक-सामाजिक समस्याओं से जुड़कर आपस में भावनात्मक रिश्ता भी क़ायम हो सकता है! बहरहाल!

पुष्पेश पंत ने अपने वक्तव्य में भारत-नेपाल की सीमाओं से जुड़े प्रदेशों में भाषा और सांस्कृतिक समानताओं को ऐतिहासिक और भौगोलिक परिप्रेक्ष्य में देखने की कोशिश की, जिससे श्रोताओं को ख़ासी रोचक जानकारी मिली।

कथावाचन सत्रों में जो कहानियाँ पढ़ी गईं उनमें भारतीय एवं नेपाली साहित्य की विषय-वस्तुगत प्रवृत्तियों, समकालीन कथाकारों की बदलते सन्दर्भों में चिन्ताओं और शैली-शिल्प सम्बन्धी नये प्रयोगों की कुछ झलकें ज़रूर मिलीं, गोकि नेपाली कथाकारों में भुवन धुंगना को छोड़कर अधिकांश के कथ्य और ट्रीटमेंट साधारण स्तर के ही रहे। नेपाली भाषा में समय के जीवंत साक्ष्य और सत्ता विरोधी आवाज़ों को साहित्य में दर्ज करनेवाले सशक्त रचनाकारों का अभाव नहीं है, जिनमें साम्राज्यशाही के विरुद्ध, लोकतंत्र के

पक्ष में खड़े होनेवाले कई लेखकों में, मोहनराज शर्मा, (मनवीर, एज़ ही वाज़, कहानी) नारायण ढाखल (इन विच टाउन) जैसे कई रचनाकार शामिल हैं। सामाजिक अन्ध रूढ़ियों, स्त्री शोषण और कमज़ोर वर्ग की करुण अवस्था पर ध्रुवचन्द्र गौतम की कहानी, 'द रॉक', सनत रेगमी की, 'फुलमतिया' के साथ, स्त्री लेखकों की भी अनेक कहानियाँ हैं, जिनमें धर्म और नैतिकता के नाम पर आज भी स्त्री पर पुरुष वर्चस्व के ज़बरदस्त अंकुश का बेबाक वर्णन हैं। धर्म के नाम पर ठगे जाने से इनकार करती लेखिकाओं में, भुवन धुंगना के साथ, पद्मावती सिंह, मंजु कांचुली, गीता केशरी, प्रेमा शाह जैसी कई सशक्त लेखिकाएँ, रूढ़ नैतिकता के प्रतिपक्ष में खड़ी, स्त्री मुक्ति और स्त्री अस्मिता के प्रश्न तीखेपन से उठा रही हैं। भुवन धुंगना की कहानी, 'सिंबल ऑफ़ रेलिजन', और पद्मावती सिंह की 'आड़ू का पेड़' कहानियाँ सुनकर अपने यहाँ की लेखिकाओं की कई कहानियाँ याद आईं, जो अपनी रचनाओं में स्त्री विरोधी व्यवस्था का पर्दाफ़ाश ही नहीं करतीं, बल्कि स्त्री की सशक्त छवि उभारने में भी काफ़ी सफल हुई हैं।

सम्मेलन में लेखिकाओं की संस्था 'गुंजन' की कई रचनाकारों से संवाद करने का अवसर मिला। वे इस संस्था के माध्यम से नेपाली लेखिकाओं द्वारा रचित साहित्य को उपयुक्त मंच देने का प्रयास कर रही हैं। धर्म, संस्कार, और नैतिकता के नाम पर छली गई, पुरुष वर्चस्व तले दबी-घुटी स्त्री की छटपटाहट तो उनकी रचनाओं में है ही, साथ ही विरोध का उभरता तीव्र स्वर भी मुखर हो उठा है। भारतीय लेखिकाओं की तरह ही वे भी स्त्री-मुक्ति के नये प्रश्नों से रूबरू हो रही हैं। हिन्दी लेखन में, कृष्णा सोबती, उषा प्रियंवदा और मन्नू भंडारी ने, मित्रो मरजानी, पचपन खम्भे लाल दीवारें, आपका बंटी, उपन्यास लिखकर स्त्री को रूढ़ नैतिकता के शिकंजे से निकाल, दबी-घुटी स्त्री अस्मिता को मुक्ति की राह दिखाई। आगे, 'छिन्नमस्ता', 'आवां', 'कठगुलाब', 'अपने-अपने कोणार्क', 'कथा सतीसर', 'तत्सम', 'इदन्नम', 'माई' जैसे कई उपन्यास लिखकर लेखिकाओं ने, विभिन्न परिप्रेक्ष्य में, स्त्री विरोधी व्यवस्था, सामाजिक विसंगतियों के साथ, आतंकवाद, साम्प्रदायिक

उन्माद, पर्यावरण-ह्रास से जुड़े विषयों, जैसी वैश्विक समस्याओं और उनके प्रभावों पर भी गम्भीर लेखन किया है और कर रही हैं, जिनकी कुछ बानगियाँ विभिन्न सत्रों में पढ़ी गई कहानियों से मिलीं।

सम्मेलन में भारतीय लेखकों ने जो रचनाएँ पढ़ीं, उनमें आज के अर्थ केन्द्रित समय के विद्रूप थे, सम्बन्धों की आइरनी और उनकी परिणतियाँ थीं। हिमांशु जोशी ने पारिवारिक सम्बन्धों में आए विघटन के बावजूद, नई पीढ़ी से संवेदना की उम्मीद दिलाती कहानी 'चश्मा' पढ़ी, तो देवेन्द्र इस्सर ने कला के बाज़ारीकरण की प्रवृत्ति का विरोध किया, असग़र वजाहत ने विकसित देशों की विकासशील देशों पर अपना वर्चस्व बढ़ाने की नीतियों पर चिन्ता दर्शाई। सम्बन्धों को भुनाने की प्रवृत्ति पर, जो.पी. दास और स्त्री की सामाजिक स्थिति पर प्रतिभा राय ने प्रभावी कहानियाँ पढ़ीं।

अजीत कौर ने आतंक और हत्या के माहौल में आपसी सम्बन्धों में बढ़ते अविश्वास और आत्मीयता के क्षरण पर चिन्ता जताई। फ़ैंटेसी का सहारा लेकर वे ईश्वर को एक फ़क़ीर के रूप में धरती पर ले आईं, जो स्वर्ग से उतरकर धरती के मनुष्य को सही मायनों में जीना सिखाने आया है। उसके पास एक गठरी है, जिसमें मुट्ठी-भर तारे, जुगनू, हँसी और भाईचारे की ख़ुशबू है। जिसकी आज हमें ज़रूरत है।

कश्मीर की आतंकग्रस्त पृष्ठभूमि पर एक बलात्कृत लड़की के संघर्ष और मुक्ति की छटपटाहट की सशक्त बानगी मेरी कहानी 'आवाज़' में देखी गई। रचनाकारों ने अपने अनुभव, संवेदन और वैचारिक उन्मेष के दायरे में, समय की विसंगतियों, और बेरहम सच्चाइयों का परीक्षण कर श्रोताओं को प्रभावित किया।

नये लेखकों से आत्मीय संवाद सुखद वातावरण बीच हुआ। नेपाली लेखक और दर्शक अपने भाईबन्द जैसे लगे। पुस्तकों का आदान-प्रदान हुआ। एक दूसरे को पढ़ने-गुनने का चाव नज़र आया। अनुवाद की ज़रूरत पर विचार-विमर्श हुआ। मृदुला शर्मा ने हिन्दी से नेपाली और नेपाली से हिन्दी की कई पुस्तकों का स्तरीय अनुवाद किया है। सम्मेलन के कई कार्यकारी सदस्यों

ने अनुवाद के क्षेत्र में सामूहिक प्रयत्नों की ज़रूरत पर सहमति जताई और इसके कार्यान्वयन के लिए महत्त्वपूर्ण सुझाव दिये। अन्तिम सत्र में त्रिभुवन यूनिवर्सिटी के संजीव उप्रेती ने कुछ कहानियों का मूल्यांकन किया।

घूमने-फिरने, व नगर दर्शन के लिए ज़्यादा समय नहीं था। कुछ समय निकालकर हम ललितपुर-पाटण देखने निकल पड़े। पाटण में नेपाल के कला-कौशल के कई अप्रतिम नमूने देखने को मिले। स्थापत्य कला के कई बेजोड़ भवनों-मन्दिरों पर कलात्मक कारीगरी चकित करनेवाली थी। तीन सौ वर्ष पुराने भवन, बौद्ध मन्दिर और 'गोल्डन टेम्पल ऑफ़ बुद्ध'! जो यहाँ पाटण में तमाम भव्यता के साथ स्थापित था। हमारे साथ नगर दर्शन को आए अनखी साहब मुग्ध होकर गोल्डन टेम्पल ऑफ़ बुद्ध, को निरखते-परखते बोल उठे, 'अमृतसर के स्वर्ण मन्दिर के अलावा भी कहीं दूसरा गोल्डन टेंपल है, मैंने तो नहीं सुना! गोकि वे जानते थे कि भारत-नेपाल के भौगोलिक-सांस्कृतिक व आर्थिक सम्बन्धों के साथ दोनों देशों में हिन्दू धर्म और बौद्ध धर्म के भी साझा सम्बन्ध रहे हैं। क्यों न हो, बुद्ध का जन्म लुम्बिनी नेपाल में, निर्वाण कुशीनगर भारत में और आत्मज्ञान भी बोध गया भारत में हुआ है!

पाटण के पटरियों के बाज़ार दिल्ली के जनपथ के पटरी बाज़ार जैसे लगे। सामान बेचनेवाले दुकानदारों की प्रवृत्ति भी उनसे काफ़ी मिलती-जुलती। बाहर से आए सैलानियों की हिगलिंग-हैगलिंग करने के बावजूद उनसे अधिकतम कमाने की प्रवृत्ति। हमने शिव-शक्ति की युगल मूर्ति ख़रीदनी चाही, क़ीमत पूछी तो दो हज़ार! पर हम भी उनके बन्धु, ली हमने पाँच सौ में ही!

बूढ़ा नीलकंठ, मन्दिर में चिकने पत्थर से बनी भव्य मूर्ति ने मोह लिया। ताल में शान्त मुद्रा में लेटे विशालकाय नीलकंठ! पशुपतिनाथ के दर्शन कर थोड़ी-बहुत ख़रीदारी की। नम्र स्वभाव के धनी थापा जी अन्त तक हमारे साथ रहे। मन्दिर के परिसर में लगे बाज़ार से रुद्राक्ष मालाओं को पसन्द करने का आग्रह करते रहे। असली रुद्राक्ष तो यहीं से मिलता है। हिमांशु जोशी को एक-दो मोतियों की मालाएँ भी साग्रह थमा दीं।

लौटते वक़्त हुजूम दर हुजूम लोगों को लाल झंडियाँ फहराते सड़कों-बाज़ारों से गुज़रते देखा, माओवादियों के साम्राज्यशाही के विरोध में नारे लगाते! यानी हवा में एक बार फिर बदलाव की बयार!

नेपाल कई वर्षों से राजनीतिक संकट के दौर से गुज़र चुका है। मन-चेतना को एक ही बात टहोकती रही, कितने स्तरों पर सम्बन्ध हैं भारत और नेपाल के! महत्त्वपूर्ण पड़ोसी, खुली सीमाएँ, सदियों से सांस्कृतिक और पारिवारिक सम्बन्ध, रक्षा सहयोग, विदेश नीति में भी महत्त्वपूर्ण...! कितना कुछ एक जैसा है हममें और नेपालियों में, फिर सोच में सीमाएँ क्यों?

आज सालों-साल बाद नेपाल और भारत में असहमति के कई मुद्दे सम्बन्धों में दरारें डाल रहे हैं। हाल में ही कैलाश-मानसरोवर की यात्रा के लिए भारत द्वारा लिपुलेख-धाराचूला मार्ग के उद्घाटन करने के बाद नेपाल का आपत्ति जताकर इसे एकतरफ़ा निर्णय बताना और नया मानचित्र जारी कर उत्तराखंड के कालापानी व कुछ भागों को नेपाल के क्षेत्र में मानना। इसके पीछे नेपाल और चीन की बढ़ती नज़दीकी को माना जाता है, चीन नेपाल में कई परियोजनाएँ तैयार कर रहा है। नेपाल पर चीनी कूटनीति प्रकारान्तर से भारत की सीमा में घुसपैठ करना है। उम्मीद है कि नेपाल चीन का मुहरा न बनकर उसकी विस्तारवादी चाल समझेगा और भारत के साथ सदियों पुराने सम्बन्धों में दरार न आने देगा!!

हम हो गए परदेसी

अक्टूबर मास का पहला दिन और दोपहर का एक बजा! मैं बेगानी हुई अपनी वादी में क़दम रख रही हूँ। विसकौंप के त्रिदिवसीय सेमिनार में भाग लेने श्रीनगर आए डेलिगेट में से एक मैं भी हूँ, बाहरी जन! घर नहीं लौटी हूँ!

घर लौटने और घर के बाहर होने के बीच विस्थापन का अहसास भरा अन्तराल है, जिसमें दुख, आक्रोश और अपमान की कलेजा कोरनेवाली थरथराहटें हैं।

सेमिनार में बुलाए गए मेहमानों के लिए कुछ गाड़ियाँ आई हैं, उनमें विसकौंप के कुछ स्थानीय कार्यकर्ता हैं, जो हमें हमारे लिए बुक किये गए होटल तक पहुँचाने आए हैं। मैं चौतरफ़ा ढूँढ़ती नज़र डालती हूँ, किसी अपने का दूर-दूर तक कोई साया भी नहीं। एक उदास बियाबान पसरा पड़ा है, जिसमें उस माँ की डबडबाई आँखें हैं, जो खोए बच्चों का इन्तज़ार करते-करते थक गई है।

मेरी आँखों के आगे कुछ पुराने दिन ठहर जाते हैं। वहाँ एयरपोर्ट/बसस्टैंड पर खोजती नज़रें इन्तज़ार कर रही हैं। वहाँ गले मिलने की बेताबी है, शिकवे-शिकायतों का हुजूम है, ढेरों प्रश्न हैं, और मेरी अनुपस्थिति में घटित की सूचनाएँ हैं! साथ में पापा की मीठी डाँट, 'अरे! घर तो पहुँचने दो पहले'।

"यार गयोम पोंपुर वते, कोंग़ पोशव रोट नालमत्ये..."

...मेरा यार पोंपुर के रास्ते से गुज़रा तो केसर के फूलों ने उसे गले से लिपटा लिया!

आज केसर की क्यारियाँ निस्संग हैं, फूल सिर डाले उदास हैं!

मुझे लगता है, मैं किसी निषिद्ध प्रदेश में अनावश्यक घुसपैठ कर रही हूँ।

क्यों आई इधर? मन में अजीब-सा द्वंद्व है। छूटे हुए घरों को लौटना इतना कष्ट देगा, जानती नहीं थी। स्मृतियाँ वर्तमान पर हावी होने से बाज़ नहीं आतीं। यादों भरे अतीत से काटकर आज को देखना मुमकिन नहीं होता, जबकि हम अतीत और वर्तमान के भँवर में फँसे हुए हों। बार-बार यह दंश सालता है कि हमें हमारे अपने ही स्वतंत्र गणतंत्र ने अपने ही घर में विस्थापन दे दिया, बिना किसी अपराध के!

गाड़ी में बैठे रास्ते भर मुरझाए पत्तों बीच बहती हवा की शायँ-शायँ के साथ धूल उड़ती नज़र आ रही है।

हरा-भरा छतनार चिनार पीले पत्ते गिराकर ठूँठ हो रहा है। क्या इसी की हरियल छाँव में हमने आकाश छूती पींगें बढ़ाई हैं?

मेरी जानी-पहचानी फ़िज़ाएँ बदल गई हैं। यहाँ-वहाँ कटे हुए कीकर, चिनार और सड़क पर धुआँ उड़ाते ट्रकों ने शफ़्फ़ाफ़ हवाओं का गला घोंट दिया है।

पहचाने रास्ते अनजाने लग रहे हैं। नई कॉलोनियों की भरमार है। मुहल्लों के नाम बदल दिये गए हैं। श्रीनगर के चप्पे-चप्पे पर निज़ामे मुस्तफ़ा की इबारतें लिखी गई हैं। कहीं-कहीं 'हम क्या चाहते, आज़ादी' के नारे भी!

एक सुन्न करता अहसास है, कि सदियों से जाने-पहचाने, देवभूमि और ऋषि-सूफ़ियों की धरती को पहचान देते नाम सिरे से ग़ायब हैं। इस शैव, बौद्ध और इस्लाम की साझी विरासतों को मिटाने की कोशिशें जारी हैं। क्या एक दिन अभिनवगुप्त, कल्हण, बिल्हण, ललद्यद, नादिम और साक़ी जैसे हमारी संस्कृति को गौरवान्वित करते नाम भी मिट जाएँगे?

मेरे मन में हौल-सा उठ रहा है। बाहर पतझड़ का उदास मौसम है, भीतर भरा-पूरा संसार ढह जाने का अहसास! मैं इस वक़्त ख़ुद को कोई भी तसल्ली नहीं दे पाती। दुनिया-भर के विस्थापितों से ख़ुद को जोड़ने की बौद्धिक कसरत निस्सार लगती है। निजी दुख को सार्वजनिक के खाते में डालकर उदार हुआ जा सकता है, मुक्त होना आसान नहीं होता।

बुलिवार्ड रोड के किनारे होटलों की क़तारें हैं। हमारे लिए उन्हीं में से एक होटल में रहने का प्रबन्ध किया गया है। आगन्तुक मेहमानों की आवभगत का ख़ासा इन्तज़ाम है।

अपने घर मेहमान बनकर आना, मुझे तकलीफ़ देता है, सुकून नहीं।

मेरे कमरे की काँच जड़ी खिड़की झील की तरफ़ खुलती है। सुरेश्वरी सर कहलाती थी यह झील कभी। कमल-पुष्पों, कमलगट्टों से महकती 'सोनलांक', 'रोफलांक', (चार चिनारी) को गोद में दुलराती, वीर, कीकर और चिनारों की तीनतरफ़ा पहरेदारी में निश्चिन्त, बर्फ़ीले पहाड़ों से छलकते, दूधिया धारों वाले आबशारों को बाँहें खोल अँकोरती हवा से खिलखिल बतियाती झील! हमने कितनी-कितनी बार स्प्रिंग शिकारों, सजे-धजे डोंगों में बैठ इसके पानियों को खँगाला है। कई बार आँधी-पानी में डोलते शिकारे में बैठ मल्लाह की मेहरबानी से डूबने से बचे हैं। झील को देख यादों के हुजूम घेर लेते हैं। चार चिनारी पर मेरी बीमार माँ हवा बदली के लिए आई हैं। चिनार की डालों पर बैठी वन मैनाओं, कुकिल और पोशनूल की चहकों और ध्वनियों के अर्थ हमें समझाती हैं! हमारी माँ बांडीपुरा गाँव की थीं। हारवन के पास चन्दपोरा गाँव में घने चिनार के साये में वे आख़िरी नींद सो गईं। क्या मैं वहाँ जाकर उस धरती को छू सकती हूँ?

मेरी दाईं ओर शंकराचार्य पर्वत खड़ा है, शिखर पर शिव मन्दिर है। इस शिखर तक पहुँचने के लिए हम भाई-बहनों में होड़ लगी रहती, कौन शिखर तक पहले पहुँचे! मैं दौड़ते, हाँफते, रुक-रुक कर थमते अपने बालपन को पहाड़ी चढ़ते देख रही हूँ। नीचे झील में खड़े हाउसबोट और किश्तियाँ माचिस की डिब्बियों-सी दिखती हैं। नज़र की सीध में हारी पर्वत है, माँ शारिका का स्थान। सतीसर को जलोद्भव राक्षस के आतंक से बचाने में माँ शारिका का बड़ा हाथ है। हम यहाँ के हर पत्थर को पूजा करते थे। पर्वत के दामन में दूर-दूर तक फैला चेरी (गिलास) आलूचों का बाग़ था। नव वर्ष पर हम तमाम तामझाम के साथ यहाँ पिकनिक मनाने आते थे, सपरिवार डोंगों में बैठकर! आज वह छोरों-छोर पसरा बाग़ चौतरफ़ा सीमेंट-कंक्रीट की इमारतों

बीच दरी भर में सिमटकर रह गया है! जनसंख्या का विस्फोट है और प्रगति के नाम पर हरे-भरे फलदार वृक्षों को काटकर किया गया अन्धाधुंध निर्माण आँखों को चुभता है! यहाँ छठी पादशाही का गुरुद्वारा है और मख़दूम पीर साहब का स्थान भी! हम हारी पर्वत जाते तो तीनों जगहों पर माथा अपने आप झुक जाता था।

देश-विदेश में छितरने के बावजूद हम अपनी मातृभाषा को बचाने की कोशिशों में लगे रहे, लेकिन सेमिनार में कुछ युवा अलग ढंग से सोचते थे। एक बीस वर्षीय, दुनिया-भर से नाराज़ लड़का बिना प्रसंग बोल उठा, 'हिन्दुस्तान नहीं चाहता, हम कश्मीरी बोलें!'

हम हतप्रभ, देश-विदेश में छितरने के बावजूद हम अपनी भाषा को बचाने के प्रयासों में लगे हैं, यहाँ निज भाषा के प्रति विरुद्ध भाव क्यों? और यह कहना कि हिन्दुस्तान नहीं चाहता कि हम कश्मीरी बोलें, क्या प्रमाणित करता है? दिलों में बढ़ती दूरियाँ ही तो। हिन्दुस्तान कश्मीर से आज भी अलग क्यों है? इस सच के बावजूद कि भारत ने विभिन्न योजनाओं द्वारा अरबों रुपये वादी की प्रगति लिये ख़र्च किये हैं, जिनमें रोज़गार, शिक्षा और प्रादेशिक भाषा भी शामिल है।

कश्मीर में बढ़ते आतंकवाद ने भाषा पर भी प्रहार किया। भाषा नहीं जानेंगे बच्चे, तो ललद्यद, नुंदऋषि, महजूर, नादिम, रहमान राही, मजबूर आदि के सर्वसम्भाषी, विभिन्न धर्म समन्वयी और आपसी सौहार्द के पक्षधर साहित्य से भी परिचित नहीं होंगे। साम्प्रदायिक उन्माद को पनपने का मौक़ा भी ख़ूब मिलेगा।

कवयित्री नसीम शिफाई ने स्थिति सँभाली। भाषा के अज्ञान के लिए माँओं को दोषी ठहराया और उसके साथ सरकार को भी आड़े हाथों लिया।

कश्मीर में राजकाज की भाषा आज भी उर्दू है।

नसीम ने अतीत के गौरव और वर्तमान के यथार्थ के घात-प्रतिघात के द्वंद्व से उपजी भावपूर्ण कविताएँ सुनाईं। ललद्यद, महजूर और नादिम को आज फिर से पढ़ने और गुनने की ज़रूरत समझा दी।

रुखसाना जबीं आकाशवाणी में असिस्टेंट डायरेक्टर हैं, अच्छी कवयित्री हैं। उर्दू-कश्मीरी दोनों भाषाओं में लिखती हैं। उसने स्त्री प्रश्नों को केन्द्र में रखकर स्त्रियों की स्थिति, आकांक्षाओं को संवेदनात्मक स्वर दिया। कवयित्री नीलोफर स्त्री विमर्श की सशक्त पक्षधर हैं, उनकी कविताएँ प्रभावित करती हैं। कई लेखिकाओं ने कहांनियाँ सुनाईं। एक युवा लेखिका ने अंग्रेज़ी में आतंकवाद के प्रभावों को लेकर बुनी कहानी सुनाई, जिसमें सेना पर दोषारोपण किया गया था। उसने बड़े तल्ख़ लहज़े में कहा कि 'ज़ुल्म का बदला लेने आगे बिन लादेन की सन्तानें पैदा होंगी।' इस पर वरिष्ठ बुद्धिजीवियों ने एतराज़ किया, कइयों ने ज़ोरदार विरोध भी किया। लेकिन उस युवा लेखिका के अपने विचार थे, शायद कुछ कटु अनुभव भी। उनके विचारों से कश्मीर के युवा सोच और मानसिकता की एक झलक तो मिली ही, इधर सेना का ज़ोरदार विरोध क्यों हो रहा है, इसका एक प्रत्यक्ष-अप्रत्यक्ष कारण भी!

सेमिनार के आख़िरी सत्र में मैंने 'आवाज़' कहानी पढ़ी। आतंकवाद से प्रभावित विनी की व्यथा और संघर्ष की कथा!

उग्रवाद के बीच जी रहे और उसकी परिणतियों से वाक़िफ़ कश्मीरी जनों को कथा छू गई!

दुनिया-भर से नाराज़ दिखती एक लड़की ने प्रश्न किया, "यह कहानी सच्ची है या प्रोपेगैंडा?"

इसका उत्तर वरिष्ठ लेखिकाओं ने दिया और आवाज़ कहानी को यथार्थ और फ़ैंटेसी से बुनी सशक्त कहानी मान लिया, जिसमें समय के साक्ष्यों के साथ स्थितियों से हार न मानने का संकल्प है।

आतंकवाद शब्द से बचते हुए उसके प्रभावों पर बातें हुईं, केन्द्र में मानवीय व्यथा रही। अफ़वाहों और ग़लतफ़हमियों से बचने की कोशिशों पर भी ज़ोर दिया गया।

सत्र समाप्त होते ही रुख़साना जबीं मुझे आकाशवाणी ले गईं। कश्मीरी भाषा के कार्यक्रम 'हमारे मेहमान', में नसीम शिफाई ने कुछ प्रश्न पूछे, मुझे लगा, यह वार्ता मेरे कश्मीरी भाषा ज्ञान की परीक्षा थी। शायद उनके मन

में किसी संशय की बेतुकी दस्तक थी कि हिन्दी में रचना कर्म करनेवाली चन्द्रकान्ता, कश्मीरी भाषा की जानकार होगी भी या नहीं! बहरहाल, कार्यक्रम के दौरान जल्दी ही मेरी विशुद्ध कश्मीरी सुनकर उनका भ्रम टूटा, यह अच्छा रहा। हाँ, मेहमान शब्द ने एक बार फिर मुझे कोंचा, लौटते वक़्त सरदार ड्राइवर से वादी की स्थिति की जानकारी ली। अब तो अपने लड़के सही रास्ते पर आ गए हैं।

ड्राइवर के पास 'चिट्टीसिंहपुरा' के सिक्ख नरसंहार की दहशत भरी यादें थीं। उसने एक ही वाक्य में कहा, "हाँ..., लेकिन अब उनके हाथ में क्या है? और फिर जो मारे गए, वे लौटकर तो नहीं आ सकते!"

हर कश्मीरी के भीतर दहशत भरी यादें दफ़्न हैं, कोई सहज होना चाहें भी तो हो नहीं पा रहा।

शाम को कॉन्फ्रेंस रूम में कुछ औपचारिक बातें हुईं। आदिलाबाद की तेईस वर्षीय नरगिस मुझसे अकेले में बात करना चाहती थी। मेरे कमरे में बैठकर उसने अपने भीतर बन्द गुबार निकाला। उसके छोटे भाई की हत्या की गई थी। नरगिस ने कहा, "उसे सेना के जवानों ने नहीं, अपने भाइयों ने ही मारा। वह जो उनकी तंज़ीम में शामिल नहीं हुआ। वह पढ़-लिख कर इंजीनियर बनना चाहता था...।"

उसने आँखों पर रूमाल रखकर उमड़ आते आँसुओं को बहने से रोका। उसकी आवाज़ में ग़ज़ब का दम था। विदा होते उसने कहा, "यह हमने शुरू किया है, इसे हमें ही ख़त्म करना है!"

उसने आतंकवाद लफ़्ज़ का इस्तेमाल नहीं किया, 'यह और इसे', शब्दों में दुनिया-भर के अर्थ भरकर अपने इरादे को ज़बान दी। कहीं कोई सिरफिरा उसकी बात न सुने!

नर्स परमी को तो अपनी हमेशा ने ही मरवा दिया था। नरगिस के लिए मन में ममता उमड़ आई। मैंने उसके हौसले को सराहा, गले लगाया और अपना कहानी-संग्रह काली बर्फ़ पढ़ने के लिए दिया। वह नई-नई लेखिका है, उर्दू में लिखती है और हिन्दी भी अच्छी जानती है। जाने क्यों मेरे साथ

बेहद आत्मीय हुई। क्या कहानी आवाज़ में उसे अपना सच महसूस हुआ? समसंस्कारिता और सहअनुभव, शायद यह ज़रूरी शर्तें हैं किसी रचना से जुड़ने के लिए!

जे. के. अकादमी के रमेश मेहता मिलने आए। मेरे उपन्यास कथा सतीसर पर बात चली। उन्होंने उपन्यास को ख़ूब सराहा। उसके सांस्कृतिक पक्ष, स्थानीयता, और आतंकवाद की परिणतियों पर बात करते उसे कश्मीर की वर्तमान त्रासदी पर रचा गया महत्त्वपूर्ण उपन्यास बताया पर साथ में एक वाक्य जोड़ दिया कि यह उपन्यास आपने कश्मीर से बाहर रहकर लिखा है क्या कहना चाहते थे, मैंने पूछा नहीं। मुझे अफ्रीकी लेखिका टॉनी मॉरिसन याद आई, ब्ल्यूएस्ट आईज़ और द बिलेवेड की रचनाकार। जिसने स्टैनफ़ोर्ड यूनिवर्सिटी में रहकर अफ्रीकियों की दरिद्रता, अंधविश्वास और अज़हद ग़रीबी की दिल दहलानेवाली व्यथा-कथाएँ लिखीं, क्या किसी ने उससे ऐसे प्रश्न किये होंगे?

अगले दिन हमें वापस अपने-अपने ठिकानों पर लौटना है।

अलस्सुबह अज़ान की आवाज़ों ने जगा दिया।

मेरी साथिन ने कुछ ज़्यादा ही ऊँचे स्वर से मंत्रोच्चारण करना शुरू किया। मैंने समझने की कोशिश की कि हम किससे लड़ रहे हैं? प्रार्थना के स्वरों से, अपने ऊपर हुई ज़्यादतियों से, या अपने हताशा भरे आक्रोश से?

मैं चुपचाप नीचे सड़क पर टहलने निकली। झील किनारे, अकेली! मन में थोड़ी हिचक थी या शायद डर? कि कहीं घर लौटने पर किसी सिरफिरे की गोली का निशाना न बन जाऊँ। महमूद दरवेश दीठ के आगे खड़े हो गए, अपनी मिट्टी में दफ़्न होने की उनकी तमन्ना! अजीब-सी तसल्ली हुई। सामने झील थी, सिकुड़ी हुई, जिसकी छाती पर सजे-धजे हाउसबोट, टूरिस्टों के इन्तज़ार में खड़े थे। सब्ज़ियों से लदी नावें! सड़क किनारे बन्दूक़धारी सिपाही बुत जैसे खड़े थे! हर आहट पर चौकन्ने! क्या पता किस दिशा से गोली चले, बम फिकें। थोड़ी दूर चली तो दो सेना के जवानों की बातचीत

कानों में पड़ी, "छुट्टी चाहिए, बेटा सख़्त बीमार है, पता नहीं मिलेगी या नहीं!" आवाज़ में ठंडे पाले-सी उदासी!

—कमांडर साहब से बात करो, तुम्हें तो कुपवाड़ा जाना है। शायद कुछ रहम करें!

शीत-घाम में वादी के निवासियों की हिफ़ाज़त के लिए तैनात, उन सिपाहियों के चेहरे देखें, आँखों में उदास भूरापन और पथरा गई कोमलता के बीच दूर बैठे अपनों से मिलने की छटपटाहट! इन्हीं की मौजूदगी के कारण हम यहाँ क़दम रखने का साहस जुटाते हैं और इधर उन्हें वादी से हटाने की माँग बराबर बढ़ती जा रही है। जान हथेली पर रखकर ये सिपाही मौत और हिक़ारत के बीच अपना फ़र्ज़ निभा रहे हैं। आए दिन आतंकवादियों की गोलियों-बमों का निशाना बनते हैं। लेकिन कोई भी मानवाधिकारों की संरक्षक संस्था इन्हें समझने की कोशिश नहीं करती।

दिन के दस बजे कुछ शॉपिंग की। दुकानदार ने कश्मीरी भाषा में बात करते सुना तो पहले शंका से देखा और बाद में कुछ आत्मीयता दिखाई। सेब वाले से सेब ख़रीदे तो उसने सेब चुनने से एतराज़ नहीं किया। हम यहाँ रहते थे तो हाथ लगाने से ही ग़ुस्सा जाते थे। आज यह रियायत क्यों?

बातचीत के दौरान एक दानिशमन्द प्रोफ़ेसर साहब ने फ़रमाया कि "कश्मीरी पंडित इसलिए दुखी नहीं हैं कि उन्हें घर छोड़कर जाना पड़ा, बल्कि वह इसलिए दुखी हैं कि अब वे घर नहीं लौट सकते।"

मैं अवाक्! क्या पढ़े-अपढ़े, सभी ने मान लिया है कि अब हम घर नहीं लौटेंगे? इसीलिए यह छोटी-छोटी रियायतें दी जा रही हैं? जब तक टूरिस्ट की तरह आते हैं, तब तक हमें सह लेंगे?

लौटते वक़्त तमाम औपचारिकताओं और आत्मीयताओं के बीच एक प्रश्न कचोटता रहा कि प्रोफ़ेसर साहब की सोच के पीछे उग्रवादियों की करतूतें हैं या अपने भारत महान की कश्मीरी विस्थापितों की घर वापसी के प्रति घनघोर उपेक्षा?

व्यवस्था ने छीना, आस्था ने लौटा दिया

नव वर्ष की पूर्व बेला! अरावली पर्वत श्रेणियों के शिखर पर स्थित, हारी पर्वत! पर्वत के शीर्ष पर विराजमान श्री चक्रेश्वर और देवी शारिका का मन्दिर! तारीफ़ तो बहुत सुनी थी इस मानव निर्मित हारी पर्वत की, जिसे कश्मीर की आदि देवी माँ शारिका ने न बनाकर हाड़-मांस के मनुष्यों ने बनाया था। देखने का मन था पर जाने का सुयोग मिल नहीं पाया था, सो कौल साहब का आत्मीय आमंत्रण पाकर लगा, माँ शारिका ने मेरी मन की मुराद पूरी कर ली है। विस्थापन में कश्मीरी हिन्दू समाज अपनी अधिष्ठात्री, आदि देवी शारिका के बिना कैसे जी पाते?

कश्मीर में हर नव वर्ष के प्रथम दिन, हारी पर्वत के विशाल प्रांगण में भव्य मेला लगता था। बर्फ़ से ढकी धरती पर सूर्य किरणें चुपचाप बादलों को बुहार मौसम बदलने का ख़ुशनुमा सन्देश देते। ठंड के मारे खिड़कियाँ-दरवाज़े मूँद गर्म शॉल-दुशालों-रज़ाइयों में, दुबके लोग कम्बल काँगड़ी छोड बन्द खिड़कियाँ खोल देते! आकाश में ठिठुरे, मुँह लटकाए बैठे बादलों के होंठों पर मीठी सी मुस्कराहट में वसन्त का आगमन टोहने लगते। क्या वसन्त आ रहा है?

वसन्त के आगमन की ख़ुशबुओं से उत्फुल्ल लोग, भारी-भरकम कपड़े उतार, तन पर हल्के-कुरकुरे और मुलायम कपड़ों की छुअन से प्रसन्न-चंचल बच्चे-युवा, और घर के बुज़ुर्ग नव वर्ष का उत्सव मनाने बाग़-बग़ीचों और खुले अहातों में जुट जाते। मन्दिरों से यज्ञ-धूम और मंत्रोच्चारण की आकाश छूती ध्वनियाँ ठंडे-गुमसुम माहौल में गुनगुना राग गुंजातीं। हमारे परिवार को,

रामचन्द्र मन्दिर के विशाल परिसर में, बादाम-आड़ू के गुलाबी बोरों की मदहोश करती महक बीच बैठ पिकनिक मनाना पसन्द आता। ऊपर, ऊँचाई पर बने मन्दिर के प्रांगण में आध्यात्मिक माहौल, नीचे सौ एक सीढ़ियाँ उतर लम्बे-चौड़े हरियाये मैदान में, फल-फूलों के महकते वृक्षों बीच मस्तियाँ करने की छूट! हारी पर्वत के विशाल परिसर में भी वसन्तोत्सव मनाने लोगों के झुंड के झुंड इकट्ठा हो जाते। नये ख़ुशगवार मौसम में दोस्तों-परिजनों से मिलन महोत्सव! सो युवा भी ख़ुश और बड़े बुज़ुर्ग भी प्रसन्न! नये साल के स्वागत में पिकनिकों का मौसम उछाल मारता। बड़े-बड़े कड़ाहों में कमल ककड़ी के पकौड़ों और खस्ता लुच्चियों की भूख बढ़ाती महक बीच, खाने और गाने के जश्न मनते!

लेकिन 1990 के बाद हारी पर्वत के दामन में, सदियों से मनता आया, आस्था और उत्साह का यह सामाजिक-सांस्कृतिक मेला बन्द हो गया। आतंकवाद ने, कश्मीरियत के अर्थ बदल दिये। ललद्यद और नुन्द रिषि, समद मीर और अहमद डार के वाक्, श्रुख और सूफ़ियाना कलाम आतंक के शोर में खो गए। 'शिव सर्वत्र व्याप्त है', 'हिन्दू-मुसलमान में कोई फ़र्क़ नहीं', हम एक ही पिता की सन्तानें हैं, जैसे वाक्य अचानक झूठे पड़ गए। नतीजन अल्पसंख्यक कश्मीरी हिन्दुओं को अपने पुरखों की धरती से निष्कासित कर दिया गया।

उम्र-भर की थातियाँ, घर-आँगन, आस्था के स्थल, और उम्र-भर का कमाया-सँजोया, पीछे छोड़कर, उन्हें जान बचाने के लिए पलायन करना पड़ा।

जम्मू, दिल्ली और देश-विदेश में वे शरणार्थी बनकर जीने को अभिशप्त हो गए। विस्थापन की त्रासदियों के बीच जीना तो मुल्तवी नहीं हो सकता, क्योंकि हुए-अनहुए को पीछे छोड़ आगे बढ़ना जीने की शर्त जो है। लेकिन स्मृतियों का क्या करें, वे तो ताउम्र घाव बनकर हमारी आन्तरिकताओं में रिसती ही रहती हैं!

काफ़ी कुछ भूलने की कोशिश करने के बावजूद कश्मीरी जन शिव-शक्ति का स्थल भूल न पाए। उनकी शाहरगों से जुड़ी माँ शारिका और उसका

निवास, 'हारी पर्वत' भूलना मुमकिन नहीं हुआ। शारिका ने ही तो जलोद्भव राक्षस का वध कर उन्हें संकट से मुक्त कर जीवन दान दिया था। दुख में कैसे उसे याद न करते!

सो हरियाणा के फ़रीदाबाद, दिल्ली, एन.सी.आर., गुरुग्राम, नोएडा और आस-पास के शहरों में शरण लिये विस्थापन भोगते कश्मीरी पंडितों ने, यहीं अरावली पर्वत श्रेणी के एक शिखर पर माँ शारिका का मन्दिर निर्माण कर, पहाड़ी को 'हारी पर्वत' नाम दिया। अनंगपुर गाँव के पास की इस पहाड़ी पर माँ के दसियों भक्त उनके प्रतिरूप भव्य शिलाखंड को मन्दिर में स्थापित करने में पसीना-पसीना हो गए, तो माँ शारिका वहाँ विराजमान हो गईं। भला वह अपने बच्चों की अरदास कैसे न सुनतीं! सो व्यवस्था ने जो छीना, आस्था ने लौटा दिया! स्मृतियों को यथार्थ का रूप दिया गया, और इस सपने को सच कर दिया पद्मश्री जे.एन. कौल ने!

कौल साहब भारत में एस.ओ.एस. के संस्थापक सदस्यों में रहे हैं। इन्होंने ताउम्र जनहित में अपना सर्वस्व लगा दिया। ज़रूरतमन्द बच्चों के लिए स्कूल, कॉलेज, अस्पतालों का निर्माण और उनके संचालन का वृहत् कार्य सँभाला।

एस.ओ.एस. विलेज की स्थापना, यहीं फ़रीदाबाद में की। अनंगपुर गाँव में, पहाड़ी के ऊपर हारी पर्वत की कल्पना उन्हीं की दूरदृष्टि और उर्वर मस्तिष्क की उपज थी। सौम्य व्यक्तित्व, संवेदनशील मन और 'योग:कर्मसु कोशलम्' में विश्वास रखनेवाले कौल साहब ने, विस्थापन में अपनी समृद्ध सांस्कृतिक परम्पराओं को ज़िन्दा रखा। नाउम्मीदी में उम्मीदों के दीये जलाए रखने का हौसला दिया। आपसी सद्भाव बनाए रखना और एक-दूसरे के सुख-दुख में भागीदार बनना, यह वेद मंत्र उन्होंने अपनी अस्मिता का प्रश्न बना दिया था।

नव वर्ष के प्रथम दिन, दूर-दूर छितरे विस्थापित बन्धुओं को हारी पर्वत के प्रांगण में इकट्ठा करना, माँ शारिका को नमन करने के साथ विशाल यज्ञ और पारम्परिक उत्सवों को निष्ठा और उत्साह के साथ मनाना, यह

सब उनका बिखरे हुए, बेघर लोगों को इकट्ठा करने और जीवन में विश्वास बनाए रखने का एक महती प्रयास था।

यहाँ एक बंजर पहाड़ी को उनके निर्देशन में यहाँ-वहाँ फ़ूल-गाछ उगाकर हरा-भरा रूप दिया गया। कंकड़-पत्थरों के बीच मुलायम दूब उगाई गई। जगह-जगह पेड़-पौधे रोपकर रंग-बिरंगे, गुच्छागुच्छ फूल उगाए गए। जैसा कि श्रीमती कौल ने मुझे बताया कि उन्होंने कई पुरुष-स्त्रियों, व नाते-रिश्तेदारों के साथ मिलकर छोटा-मोटा पर्वत सा विशाल पत्थर, कन्धों पर उठाकर पहाड़ी पर स्थापित कर दिया। क्या हुआ, अगर वे अपने बन्धुओं के लिए कश्मीर के हारी पर्वत पर स्थित चक्रेश्वर को यहाँ नहीं ले पाए, एक नया चक्रेश्वर तो उन्होंने अनंगपुर की पहाड़ी पर स्थापित कर ही दिया।

पर्यावरण के प्रति सचेत कौल साहब ने कैसे एक बंजर पहाड़ी को रंग-बिरंगे फूल-बूटों से सजी हरी ओढ़नी से सजा दिया, देखकर आश्चर्य होता है। हर वर्ष दूर-दूर से हज़ारों-हज़ार लोग यहाँ आकर नव वर्ष का उत्सव मनाते, कुछ देर के लिए ही सही, यह भूल जाते हैं कि वे कश्मीर में नहीं अनंगपुर की पहाड़ी पर नवरेह मना रहे हैं। छोटे-छोटे समूहों में बैठकर छितरे-बिखरे नाते-रिश्तेदारों, दोस्त-अहबाबों को आपसी सुख-दुख बाँटने, शुभकामनाएँ लेने-देने की सदियों से पोसी गई आपसदारी निभा रहे हैं। बिखरे बन्धुओं को मिलाने और अतीत की समृद्ध परम्पराओं को ताज़ा करने का नायाब मौक़ा और मंच जो मिल गया है।

वर्ष दो हज़ार आठ का नव वर्ष, चैत्र प्रतिपदा का दिवस मेरी स्मृतियों में खुद कर रह गया है। यहीं अरावली पर्वत श्रेणियों के बीच, नव वर्ष की पूर्व बेला में एक महापर्व का आयोजन किया गया था। दिल्ली, गुरुग्राम, ग़ाज़ियाबाद, मेरठ और आस-पास के शहरों में रहते कश्मीरी पंडित बन्धु-बान्धवों के साथ हज़ारों की संख्या में, यहाँ इकट्ठा हो गए थे। आज उनकी प्रिय ललद्यद, शैव योगिनी, कश्मीरी भाषा की आदि कवयित्री लल्लेश्वरी, जिसने चौदहवीं शताब्दी में अपने आत्मज्ञान और दर्शन के तेज़ से वादी के

दिग्गजों को चकित-स्तम्भित कर दिया था, उसी ललद्यद-लल्लेश्वरी के प्रथम स्मारक का लोकार्पण समारोह होना था।

इसी दिन कौल साहब ने मुझे ललद्यद की प्रतिमा का अनावरण करने का आमंत्रण दिया। दूरभाष पर आत्मीय आग्रह कर कहा कि कश्मीरी भाषा की आदि कवयित्री के प्रथम स्मारक का अनावरण एक कश्मीरी लेखिका के हाथों ही होगा। कश्मीर की पृष्ठभूमि पर रचित मेरे उपन्यास, 'कथा सतीसर', से वे ख़ासे प्रभावित थे। उनका अनुरोध था या आदेश, जो उन्होंने इस ऐतिहासिक घटना के लिए मुझे चुनकर सम्मान दिया? मैं अभिभूत भी हुई और कृतज्ञ भी! पर्व की तमाम व्यस्तताओं के बीच अपने सहयोगी को निजी कार में मुझे गुरुग्राम से 'हारी पर्वत' की पहाड़ी तक ले आने की ज़िम्मेदारी सौंपी। उनका भव्य आयोजन और स्वागत समारोह देखकर मैं अवाक् रह गई। ललद्यद तो सदियों से हमारे मनों और घरों में ज़िन्दा रही है। अपने दिव्य ज्ञान के साथ मानवीय सौहार्द और सामाजिक उत्कर्ष की चिन्ताओं के कारण वह शिक्षित-अशिक्षित स्त्री-पुरुषों की प्रेरणा रही है। उनकी वाणी ही नहीं उनसे जुड़े करिश्मे, ससुराल में पाए दुख, ताने-तिश्ने आदि भी गीतों और क़िस्से-कहानियों में ढलकर हमारे घरों में गूँजते रहे हैं। कुछ घटनाएँ, कुछ क्षण, कुछ यात्राएँ हमारी आन्तरिकता में सुरक्षित रहते हैं और वक़्त-वक़्त पर ज़ेहन पर दस्तक देते हैं।

वह दिन भी न भूलनेवाला दिन है, जब दीप-धूप, पुष्प गुच्छों से सजी यज्ञ वेदी के प्रभामंडल में गूँजती पवित्र मंत्रोच्चारण की ध्वनियों बीच कौल साहब ने विशाल पर्दों की डोरी मेरे हाथों में थमा दी, और मैंने और कौल साहब ने मिलकर पर्दों के पीछे विराजती लल्लेश्वरी की भव्य प्रतिमा का अनावरण कर उनके प्रथम स्मारक को चिर प्रतीक्षित कश्मीरी जनता को समर्पित किया। विशाल मंच का पर्दा हटते ही सामने मनुष्य के कुशल हाथों की करामात पर्वत शिखरों से झर-झर बहते झरने नज़र आए। अनूठी प्राकृतिक छटा बीच अपने पारम्परिक परिधान में सजी, चरखे पर सूत कातती, लल्लेश्वरी की तेजोदीप्त प्रतिमा जीवंत हो उठी। हारी पर्वत का परिसर और उसमें जुटा

वृहत् जन समुदाय अपनी प्रिय ललद्यद को देखकर भाव-विभोर हो उठा। उनके कहे वाक् देर रात तक, संगीत की धुनों पर थिरकते अनहद नाद की तरह दिलों को सुकून देते रहे।

चौदहवीं शताब्दी में जन्मी ललद्यद का प्रथम स्मारक बना इक्कीसवीं सदी में, और बना भी तो कहाँ? कश्मीर वादी में नहीं 'अनंगपुर' के मानव निर्मित हारी पर्वत के परिसर में!

आश्चर्य होता है, चौदहवीं शताब्दी में जन्मी लल्लेश्वरी, कबीर की सी निर्भीक शैली में पाखंड और बाह्याडम्बरों का सशक्त विरोध करनेवाली शैव योगिनी, जो मीरा की तरह अपने आराध्य की दीवानी थी, आध्यात्मिक ऊँचाइयाँ छूने के बावजूद जिसने मानव कल्याण और सामाजिक सरोकारों को नज़रअन्दाज़ नहीं किया, बिना नारे लगाए स्त्री विमर्श के नये प्रतिमान रचे, जिसके रचे वाक् जनता ने श्रुति परम्परा से पीढ़ी-दर-पीढ़ी ज़िन्दा रखे, उस महान स्त्री को न इतिहास में जगह दी गई और न ही वादी में उसका कोई स्मारक बना पुरुष वर्चस्व प्रधान समाज में एक निर्भीक महिला ने ज्ञान की जोत जलाई। कबीर से बहुत पहले खाँटी भाषा में धर्म के ठेकेदारों द्वारा फैलाए पाखंडों का खुलकर विरोध किया। दीन धर्म की सीमाओं को विस्तार देकर साम्प्रदायिक सौहार्द और मानवीयता के राग गाए। स्त्री के लिए तय की गई लक्ष्मण रेखाओं को उलाँघ, नारी अस्मिता को गरिमा दी और नये अर्थ भी। उन पुरुषों को भेड़-बकरियों के समान माना जो अपनी संकीर्ण मन:स्थिति से ऊपर उठ नहीं पाते, और जो अनुदार, संशयी और स्त्रियों के प्रति असंवेदनशील हैं!

ऐसी स्त्री, कितनी भी ज्ञानी हो, विदुषी और तर्कशील हो, चौदहवीं शती का बन्द समाज उसे कैसे स्वीकारता? हैरानी की बात है कि जोनराज और शुक पंडित, जिन्होंने इतिहासकार कल्हण रचित राजतरंगिणी को आगे बढ़ाया, उन्होंने भी लल्लेश्वरी का ज़िक्र नहीं किया। आगे अठारहवीं शताब्दी में मुहम्मद आज़म देदमारी ने ज़रूर 'वाक़याते कश्मीर' में उन्हें उच्चकोटि की संत कहा। लेकिन ललद्यद ने हमेशा लोगों के दिलों में जगह पाई। उन्होंने

आम जन को जीने की कला सिखाई। कर्म की प्रेरणा दी और स्वयं को पहचानने का मंत्र दिया!

ललद्यद का समय वादी में अशान्त समय था। हिन्दू-मुसलमानों में वैमनस्य पनपने लगा था। क्रूर शासकों की बर्बरता चरम पर थी। ललद्यद ने 'शेव छुय थलि-थलि रोज़ान, मोज़ान ब्योन ह्योन्द त मुसलमान' जैसे वाक् रचकर लोगों की चेतना पर दस्तक दी कि 'शिव सर्वत्र व्याप्त है, तुम हिन्दू-मुसलमान में भेद कर दिलों को मत बाँटो। विवेकशील हो तो अपने आपको पहचानो, वही ईश्वर से असली पहचान होगी।'

कालान्तर में ललद्यद के दर्शन को मान्यता मिली। घर-घर में उसके वाक् गाए गए। पुरुषों ने दार्शनिक और महिलाओं ने सामाजिक और पारिवारिक वाक् ख़ूब पसन्द किये। मुझे याद है मेरी माँ चावल चुनते या साग छाँटते ललद्यद को याद कर उनसे जुड़े गीत गाती, ईश्वर से अरदास करती 'यिथ पअ्ठ्य टोठ्योख पोंपुरिच लल्ले, तिथय पअ्ठ्य टोठतो में बाले...' (जिस तरह तुम ललद्यद पर कृपालु हुए, मुझ पर भी वैसी कृपा दृष्टि रखो देव!) घर-परिवार में लल्ली ने जो कष्ट उठाए और बिना प्रतिवाद किये सुनती-सहती भी हार न मानी, उन कष्टों-किंवदंतियों को गीतों में ढालकर शादियों, सामाजिक-पारिवारिक उत्सवों में तुंबकनारियों पर गाकर ललद्यद को याद किया जाता, उनके जिए जीवन से प्रेरणा पाते। श्रुति परम्परा से पीढ़ी-दर-पीढ़ी पहुँचे ललद्यद के रचे वाक्, ग्रियर्सन और बरनेट जैसे विदेशी विद्वानों ने संकलित कर उन्हें लिपिबद्ध कराया। पद्म श्री कौल ने हारी पर्वत के परिसर में ग्रेनाइट पत्थरों पर कलात्मक ढंग से इन वाखों को उकेरकर उन्हें आम जन के लिए सुलभ ही नहीं कराया, बल्कि आगामी पीढ़ियों के लिए ललद्यद के जीवन दर्शन और दार्शनिक चिन्तन को उनकी विरासत के रूप में सुरक्षित भी कर दिया। अगली पीढ़ियाँ इन वाखों को पढ़ेंगे-गुनेंगे, तो जान लेंगे उस महान संत, कश्मीरी भाषा की प्रथम कवयित्री को, जिसने मात्र अपनी वादी की सामाजिक विसंगतियों और अन्ध परम्पराओं का घोर विरोध कर लोगों को सार्थक जीवन जीने की राह ही नहीं दिखाई, बल्कि शैव दर्शन

की समाज सापेक्ष व्याख्या कर आम जन को, अहम-ब्रह्मास्मि का सारतत्व भी समझाया। समस्त विश्व के मंगल की कामना की।

आज जे.एन. कौल, (जिन्हें हम पापा जी कहते थे)नहीं हैं। कहा है न, 'कालो न यातो, वयमेव याता' लेकिन अनंगपुर के 'हारी पर्वत' पर माँ शारिका के प्रांगण में, मानवीय कल्पना और स्थापत्य कौशल का चमत्कृत करता आविष्कार, ललद्यद का स्मारक उनको जीवित रखे हुए है। जब-जब जनता काले ग्रेनाइट पर खुदे गए ललद्यद के इन वाखों को पढ़ेंगे, गुनेंगे और समझेंगे तो सार्थक जीवन जीने के सही रास्ते तलाशेंगे!

हर साल नव वर्ष का पर्व मनाने हुजूम के हुजूम कश्मीरी हिन्दू सपरिवार यहाँ इकट्ठा होंगे और अपने स्वतंत्र गणतंत्र में बेघर होने के त्रास को भूलने की कोशिश कर, पूरे विश्व को खोई विरासतों और मानव कल्याण के सन्देश पहुँचाते रहेंगे। याद करेंगे न सिर्फ़ ललद्यद को, बल्कि उस महान संत गुरु नानक देव को भी, जिसने यात्रा के दौरान, राह में पलक-पाँवड़े बिछा अतिथियों की मेहमाननवाज़ी करनेवाले लोगों को आशीर्वाद में, बिखर जाओ, कहा था और अतिथियों की उपेक्षा करनेवालों को 'बस जाओ'। शाप नहीं वरदान था वह, कि वे बिखरेंगे, बीज बनकर, नगरों-गाँवों में, जंगलों-बियाबानों-पठारों में, तभी न उग आएँगे, छायादार वृक्षों में, सुगंधित पुष्पों में, जीवनदायिनी वनस्पतियों में! जहाँ जाएँगे, अपने सद्गुणों और जीवन-मूल्यों को जन-जन तक पहुँचाएँगे। और संस्कारहीन लोग एक ही जगह पर बस जाएँगे तो उनका दुष्प्रभाव उनके गाँव तक ही सीमित रहेगा।

कुछ बीज बोने का काम तो किया अस्सी वर्ष की आयु सीमा को परे धकेल कौल साहब उर्फ़ पापाजी ने, बिखरे हुए, बेघर विस्थापितों को जीवन की अर्थवत्ता समझाकर। ललद्यद का मंत्र पहुँचाकर कि 'कर्म ही मेरी अर्चना है', कर्म करने का कोई विकल्प नहीं। मैं ख़ुशक़िस्मत, कि उन्होंने ललद्यद का जीवन-मंत्र लोगों तक पहुँचाने के इस शुभ पर्व में मुझे शामिल कर दिया।

स्वयं कर्म को समर्पित कौल साहब ने एक भुला दिये गए महान व्यक्तित्व को समय के अँधेरे से निकाल प्रकाश वृत्त में स्थापित कर दिया। उन्होंने एक

ऐतिहासिक दायित्व तो निभाया ही, साथ ही अपनी जन्मभूमि से निर्वासित लोगों को पुरखों की विरासतों से महरूम होने के दुख से उबरने की प्रेरणा भी दी।

उस दो हज़ार आठ के नव वर्ष की साँझ स्वयं प्रकृति ने शीतल पुरवाइयों के बहाने वृक्षों की टहनियाँ थपककर मौन आशीष दिये। रात-भर अरावली की चोटियाँ दीप मालाओं से जगर-मगर होती रहीं। लगा आकाश के अनगिनत नक्षत्र माँ शारिका के साथ सदियों बाद निर्मित हुए ललद्यद के स्मारक पर हर्षित-मुदित हो रहे हों। देर रात तक संगीत की धुनों पर ललद्यद के वाख शहनाई की सुरीली धुनों से वातावरण को गुँजाते रहे, अपना कर्म करो, स्वयं को पहचानो, भूलो मत, तुम कहीं से भी कमज़ोर और अवश नहीं हो क्योंकि तुम स्वयं परमशक्ति-परब्रह्म का अंश हो!

क्या कौल साहब भी ताउम्र मानव कल्याण के लिए कर्मरत रहते हमें यही आश्वासन नहीं देते रहे?

उनके आत्मीय आग्रह के कारण ही तो मेरे क़दम अनंगपुर की पहाड़ी पर पढ़े, जो अब छोटे से गाँव की अनाम पहाड़ी नहीं रही, बल्कि सतीसर की अधिष्ठात्री माँ शारिका का पावन मन्दिर भी बना और हमारी प्रिय ललद्यद का निवास भी!

जन से मिलने चले जगन्नाथ!

आषाढ़ मास, जब ग्रीष्म के प्रहारों से झुलसी धरती पर काले सुरमई बादल उमड़ गरजकर धरती पर नेह बरसाने लगते हैं तब बंगाल की खाड़ी के पूर्व पश्चिम तट पर भुवनेश्वर से कोई पचासेक मील दूर जगन्नाथ धाम की छटा ही निराली होती है। पोखरों-तालों में कमल और काशतंडी फूल सिर उठाने लगते हैं और दर्शन की दीवानी अपार भीड़ जगन्नाथ धाम की ओर रवाना होती है।

आषाढ़ शुक्ल द्वितीया! श्रीक्षेत्र में जगन्नाथ रत्नवेदी से उठकर गुंडिचा घर जा रहे हैं, अपनी मौसी माँ के घर! साथ हैं भ्राता बलभद्र और बहन सुभद्रा। और इस त्रिमूर्ति के साथ-साथ चल रहा है, देश के कोने-कोने से इस महोत्सव में शामिल होने आया अपार जन सागर! जगन्नाथ के मन्दिर से लेकर गुंडिचा घर तक कन्धे छीलती भीड़ अनन्य आस्था और श्रद्धा से, 'जय जगन्नाथ, जय चक्कानयन', के नारों से दिशाएँ गुंजाती हैं। 'जगन्नाथ स्वामी, नयनपथगामी भवतु मे'। एड़ियों-पंजों के बल उचक-उचककर जगन्नाथ, बलदाऊ और सुभद्रा के रथों की झलक पाने के लिए भीड़ की आतुरता अकारण नहीं है। उनके मनों में अखंड विश्वास है—रथस्थं वामनं द्रष्टां पुनर्जन्म न विध्यते'। तीन रथों पर सवार तीन बहन-भाइयों को एक साथ देखें, तो जीवन के ताप-शाप से मुक्ति मिले, पुनर्जन्मों की यातना से छुटकारा हो!

भारत के प्रसिद्ध चार धामों में एक पुण्य धाम जगन्नाथ धाम! जिन्हें कोई विष्णु का अवतार मानता है, कोई श्रीकृष्ण और कोई बुद्ध का प्रतिरूप भी! रथयात्रा के दिन दशावतार बनकर वे दस रूपों में जन-जन को मनचाहे

वेशों में दर्शन देकर कृतार्थ करते हैं। पुरी में स्थित ऐसे अभूतपूर्व जगन्नाथ के दर्शन की लालसा किस श्रद्धावान जन में नहीं होगी?

बहुत बड़े धर्मी-कर्मी हम भले न हों, भारतीय मानस तो है न? सो सोचा, क्यों न हम भी इस अभूतपूर्व रथयात्रा का अनुभव करें!

इस यात्रा का आनन्द कुछ अलग और अनूठा है। आप भी हमारे साथ चलिए तो मान लेंगे!

भारत के पूर्व में स्थित उड़ीसा के समुद्र तट पर बसा जगन्नाथ धाम! धर्मनिष्ठ हिन्दुओं का पुण्य तीर्थस्थल, जो देशी-विदेशी पर्यटकों के लिए भी कम आकर्षक नहीं है, भले इसके भव्य स्थापत्य या कलात्मक सौन्दर्य के कारण!

बंगाल की खाड़ी के साथ-साथ चलते पुरी जाइए, तो महोदधि से उठती उत्ताल फेनिल तरंगों और पुरवाइयों की मस्त छेड़खानियों के बीच दूर-दूर तक छितराती फुहारों से तन-मन भीगने लगेंगे! सागर-गंध से सराबोर काजू, कटहल और नारियल के पंखेदार पेड़ों का हरियाला संसार कुछ देर के लिए रोज़मर्रा के तनावों से तड़कती नसों को राहत दिलाएगा।

इन्हीं जगन्नाथ धाम के तटों पर कहीं द्रौपदी सहित पाँच पांडवों के पैरों के निशान अंकित होंगे, जब वे वैतरणी जाते महोदधि में अपने पाप-शाप धोने आए होंगे। और भी न जाने कितने विजेता, तापस, धर्माचार्य—अशोक, खारवेल, बुद्ध, शंकराचार्य, रामानुज, वल्लभ, चैतन्य आदि नामधारी अपने आधिपत्य या धर्म प्रचार के लिए इस पावन तीर्थ में आए होंगे, और आज भी देश-विदेश से लाखों जन जगन्नाथ की एक झलक पाने के लिए निरन्तर यहाँ आते रहते हैं। जगन्नाथ धाम जो हुआ!

पहले उत्कल, फिर कलिंग और अब उड़ीसा, ओड़िसा! अपने अतीत, पुराण, इतिहास, लोककथाओं और किंवदंतियों का संसार समेटे यह औद्रों का देश! कालिदास के रघुवंश में उत्कल जाति का वर्णन मिलता है।

औद्र देश की जन-जातियों ने कब कलिंगों को पराजित कर अपना आधिपत्य जमाया, कब कलिंगों ने उन्हें पराजित कर दिया, तीसरी शताब्दी में किस तरह विजय मद से चूर अशोक ने कलिंग पर आक्रमण किया, और

कैसे यहाँ की धरती के पुत्रों ने अपने रक्त से शौर्य गाथाएँ लिखीं, जिसका नतीजा हुआ कि 'चंड अशोक' 'धर्म अशोक' बन गया।

विजय-पराजय की इन गाथाओं में छठी शताब्दी तक आकर कलिंगवासी फिर औद्रों के अधीन हो गए, और औद्र जाति का विस्तार होता गया...। इसका लम्बा इतिहास है। यात्रा के दौरान हम काफ़ी कुछ जान जाएँगे जो चकित करनेवाला है पर है काफ़ी रोचक!

लेकिन यहाँ का इतिहास उड़ीसा के क्षेत्रफल, और शासक शासितों की गाथाएँ ही नहीं कहता बल्कि स्वयं जगन्नाथ भी पौराणिक कथाओं, ऐतिहासिक गाथाओं और किंवदंतियों में अच्छी ख़ासी चर्चा का विषय रहे हैं! जगन्नाथ! उड़ीसा की संस्कृति के शीर्ष! आम ओड़िया जन गर्व से कहता है—'मोर गौरव जगन्नाथ!' क्यों नहीं? जगन्नाथ पुरुषोत्तम हैं। इनमें राम, कृष्ण, बुद्ध, नारायण, महायान का शून्य और अद्वैत का ब्रह्म समाहित है। है कोई ऐसा देवता, जो अपने पावन मन्दिर की रत्न वेदी से उठकर आम जनता से मिलने चलकर पहुँचते हैं? ये तो जगन्नाथ हैं, जो कहते हैं—'सब मनसा मी पाजा'। सब मनुष्य मेरी प्रजा हैं, सो कभी वे मुझसे मिलने आते हैं और कभी मैं उनसे मिलने जाता हूँ।

जगन्नाथ सचमुच अपने में निराले हैं। पुरी के मन्दिर में त्रिमूर्तियाँ रखी हुई हैं, श्रीकृष्ण, सुभद्रा और बलराम की! दो भाई और एक बहन एक साथ भारत के किसी भी कोने में अन्यत्र पूजे जाते हों, मैंने नहीं सुना! ये श्रीकृष्ण, बलभद्र, सुभद्रा सुघढ़ सुन्दर मूर्तियों में स्थापित करके पूजे जा सकते थे, जैसा कि सर्वत्र विधान है, पर यहाँ तो बस तीन अनगढ़ मूर्तियाँ हैं। माथे पर तीन रत्न धारण किये हुए जगन्नाथ की दो बड़ी-बड़ी सर्वत्र देखती आँखें हैं, उनमें सर्वदृष्टा होने का प्रतीक भर! आश्चर्य है, उड़ीसा में जहाँ शिल्प और स्थापत्य के अप्रतिम स्तम्भ बिखरे पड़े हैं, संसार को चकित करनेवाली वास्तुकला और मूर्तिकला के बेजोड़ नमूने-कोणार्क, लिंगराज, मुक्तेश्वर, सिद्धेश्वर आदि हज़ारों दक्ष हाथों की अमर दास्तानें हैं, वहीं जगन्नाथ इतने अनगढ़?

लेकिन रुकिये, ओड़िया वासियों से आपके मन में उठे इस प्रश्न का उत्तर पाने की कोशिश करते हैं। हमारे बाईं ओर चलते इस भक्त जन से पूछते हैं, वे तो एकदम जैसे तैयार बैठे हैं, जगन्नाथ के बारे में अपनी श्रद्धा व्यक्त करने के लिए! उत्तर देने से पहले हमसे प्रश्न करते हैं—सुधीजन! आप से पूछते हैं, बताइए तो इस सृष्टि के नियन्ता जगन्नाथ जैसे शिल्पी का सम्पूर्ण चित्र बनाने की सामर्थ्य किसमें है भला?

बात में वज़न तो है! सारलादास ने इन जगन्नाथ को नील माधव कहा, नील शैल, नीलांचल, श्रीशैल आदि नामों से नवाज़ा!

इन सब नामों का अपना इतिहास है, अनेकों किंवदंतियाँ हैं, अनेक लोकगाथाएँ हैं। नीलमाधव से जगन्नाथ नाम तक की एक लम्बी यात्रा है, जिसका कई साहित्यकारों, इतिहासकारों और भक्तों ने अपनी-अपनी भाषा में, अपने नज़रिये से देख-समझ कर वर्णन किया है। पन्द्रहवीं शताब्दी में सारलादास ने महाभारत लिखा जो आज भी उड़ीसा का आम जन बड़ी श्रद्धा से पढ़ता-सुनता है। भक्त कवि सारलादास ने जगन्नाथ को विभिन्न धर्मों व मतों का समन्वय और अनेकता में एकता का सशक्त प्रतीक सिद्ध किया है। वे मानते हैं कि श्रीकृष्ण, जो जगन्नाथ का एक रूप हैं, आर्यों-अनार्यों दोनों के देवता हैं। उनके मतानुसार सबर जाति के जरा नामक व्यक्ति के विषैले बाण से बिद्ध होकर जब श्रीकृष्ण ने अपनी नश्वर काया का त्याग किया, तो उन्हें अग्नि को समर्पित कर दिया गया। नश्वर काया तो भस्म हो गई पर कृष्ण के हृदय ने अग्नि दाह स्वीकार नहीं किया। अत: उसे समुद्र में बहा दिया गया। अपनी भूल से दुखी जरा समुद्र किनारे-किनारे दूर तक चलता रहा और पूर्वी तट पर उसे पानी से बाहर निकाल लाया। लेकिन यह क्या? कृष्ण का हृदय नीले पत्थर में परिवर्तित हो गया था। जरा उस नीले पत्थर को बड़ी श्रद्धा से उठाकर अपने गाँव ले आया और भक्तिभाव से पूजने लगा। उसकी अगली पीढ़ियाँ भी उस नीले पत्थर को श्रद्धा से पूजने लगीं। तब उस पत्थर का नाम 'नीलमाधव' दिया गया!

सदियाँ बीतीं। मालवा का राजा इन्द्रद्युम्न विष्णु पूजा का प्रसार करना

चाहता था, इसके लिए उसे वास्तविक देव प्रतिमा की तलाश थी, सो उसने इस कार्य के लिए अपने दूत चारों दिशाओं में दौड़ाए। विश्ववसु नामक एक ब्राह्मण दूत मूर्ति की तलाश में ज़रा के गाँव जा पहुँचा। यहाँ सबर जाति के मुखिया ने उसका ख़ूब सत्कार किया, बल्कि ब्राह्मण के तेज़ से प्रभावित होकर उस विवाहित ब्राह्मण से अपनी पुत्री का विवाह भी रचा दिया। सबर मुखिया की इसी बेटी ने एक दिन अपने पति विश्ववसु को जरा की नीली प्रतिमा का रहस्य बता दिया कि यह प्रतिमा वास्तव में श्रीकृष्ण का हृदय है। विश्ववसु मालवा लौट आया और राजा को मूर्ति की जानकारी दी। राजा इन्द्रद्युम्न आश्वस्त हो गया, इससे ज़्यादा शुद्ध और वास्तविक देव प्रतिमा अन्यत्र कहाँ मिल सकती है? वह सेना सहित जरा के गाँव प्रतिमा लेने आ पहुँचा। सबर जनजाति के लोग, 'नील माधव' को अपने से अलग करने पर राज़ी नहीं हुए। राजा ने बल प्रयोग किया। परन्तु बल प्रयोग तो निर्बल मनुष्यों के साथ ही सम्भव है, सृष्टि के नियन्ता को तो श्रद्धा और भक्ति से ही वश में किया जा सकता है। सो परिणाम वही हुआ जो होना था। देव प्रतिमा अन्तर्धान हो गई पर राजा भक्त था सो अड़ा रहा। बहरहाल, कई स्वप्न सूचनाओं के द्वारा राजा को अपनी भूल का एहसास कराया गया। देवता उसके बल प्रयोग से नाराज़ थे पर उसके भक्तिभाव से प्रभावित भी थे, सो अगली सुबह पानी के कुंड में मूर्ति मिल गई। लेकिन ये क्या? मूर्ति का वज़न इतना कैसे बढ़ गया कि न तो राजा ही उसे उठा सका और न उसकी समस्त सेना! राजा ने फिर भगवान की शरण ली, तब राजा का अहंकार चूर कर फिर स्वप्न में आदेश मिला कि मूर्ति तभी उठेगी जब एक ओर उसे ब्राह्मण विश्ववसु और दूसरी ओर सबर जाति का मुखिया छुएगा। इस प्रकार दोनों के हाथ लगाने से मूर्ति उठाई गई और विष्णु मूर्ति की स्थापना की गई।

लेकिन सारलादास की स्थापना के साथ ही जगन्नाथ की गाथा पूरी नहीं होती। उनके विकास के तो कई चरण हैं। विप्र नीलाम्बर ने 'देवल तोला स्वाँग' में लिखा है कि सबर की मूर्ति ने इन्द्रद्युम्न को पूजने का अधिकार इस शर्त पर दिया कि वह उसके लिए एक मन्दिर का निर्माण करेगा। सो राजा

ने मन्दिर बनाया और मूर्ति की विधिवत स्थापना के लिए ब्रह्मा से अनुरोध करने गया। ब्रह्मा उस समय ध्यानमग्न थे सो राजा को प्रतीक्षा करनी पड़ी।

इस प्रतीक्षा के दौरान कई युग बीत गए, लोग इन्द्रद्युम्न को भूल गए।

क़िस्से पर क़िस्से सुनिए, काफ़ी रोचक है!

कहते हैं एक बार राजा गालमाधव समुद्र तट से गुज़रा तो उसका घोड़ा रेत के ढूह में किसी शिला से टकरा गया। राजा ने ढूह खुदवा दिया तो नीचे मन्दिर निकल आया। इसी समय ब्रह्मा और इन्द्रद्युम्न भी पृथ्वी पर उतर आए। परन्तु गाल माधव स्वयं इस अद्‌भुत खोज का श्रेय लेना चाहता था। सत्य का अनावरण तब हुआ जब पास के तालाब में रहनेवाले कछुवों ने गवाही दी कि यह मन्दिर इन्द्रद्युम्न का बनाया हुआ है। यह कछुवे कई वर्ष मन्दिर के निर्माण के लिए पत्थर ढोते-ढोते मनुष्यों से कछुवे बन गए थे। आज भी पुरी में इस इन्द्रद्युम्न ताल को देखा जा सकता है, जिसमें बेशुमार कछुवे रहते हैं।

सो ब्रह्मा ने मूर्ति की स्थापना की। परन्तु इस बार मूर्ति पत्थर की नहीं बल्कि लकड़ी के कुंदे के रूप में प्रकट हुई। ब्राह्मण और सबरों ने मिलकर उसे उठाया। लेकिन इन्द्रद्युम्न की पत्नी रानी गुंडिचा देवताओं को सुन्दर आकृति में ढालकर पूजना चाहती थी। प्रश्न उठा कि इस कुन्दे को तराशकर भव्य मूर्ति कौन बनाए? रानी की इस शुभेच्छा को पूरा करने के लिए स्वयं विश्वकर्मा शिल्पकार के रूप में उपस्थित हुए। उन्होंने मूर्ति गढ़ना स्वीकार किया, पर एक शर्त रखी कि वे इक्कीस दिन कमरे के अन्दर बैठकर मूर्तियाँ बनाएँगे, इस बीच कोई कमरे के भीतर नहीं आएगा। राजा ने शर्त स्वीकार की और विश्वकर्मा मूर्ति बनाने लगे। कई दिन तो छेनी-हथौड़े की आवाज़ें आती रहीं, रानी सन्तुष्ट रही कि चलो मूर्तियाँ बन रही हैं, पर कुछ दिन बाद अचानक आवाज़ें आना बन्द हो गईं। रानी ने सहज उत्सुकतावश बन्द कमरे का द्वार खोलकर भीतर झाँकना चाहा, राजा ने मना किया पर वही त्रिया हठ की बात! रानी उत्सुकता पर अंकुश नहीं लगा सकी, रानी ने द्वार खोला तो अचंभित रह गई, यह क्या? मूर्तिकार कहाँ गया? कमरे में फ़र्श पर पड़ी तीन अधबनी मूर्तियों के सिवा और कोई नहीं था।

सो यही तीन मूर्तियाँ जगन्नाथ मन्दिर में स्थापित की गईं। इन अधबनी मूर्तियों का इतिहास आप इधर वालों से पूछिए तो कहेंगे, 'पुरुष स्त्री के हठ के आगे झुका तो स्वयं भगवान भी खंडित रह गए।' अब इस आप्त वाक्य पर आज की नारी क्या कहेगी? बहरहाल!

कथाएँ अनन्त हैं और मज़ेदार भी! ये श्रीकृष्ण जो बलभद्र और सुभद्रा के भाई हैं, सबर जाति के जारा ने जिनकी नीले रूप को देखकर नील माधव कहा, गाल माधव के समय जगन्नाथ बन गए। कुछ इतिहासकारों का मत है कि गाल माधव कलिंग का खारवेल राजा मेघवाहन था, जिसने मगध के राजा नन्द को हराकर प्रतिमा फिर से प्राप्त की। किंवदंतियों में प्रतिमा का दो बार ग़ायब होना और फिर से प्रकट होना इस सम्भावना का आधार हो सकता है। अशोक ने कलिंग को जीतकर यहाँ बौद्ध धर्म स्थापित कर दिया, यह समय मूर्ति के ग़ायब होने का हो सकता है। गाल माधव के जैन धर्म की स्थापना के साथ मूर्ति फिर से प्राप्त हुई परन्तु भिन्न आकार में। इस बार वह लकड़ी की मूर्ति थी और उस पर मनुष्य का आकार था। जिसे अनुमानत: जिन्ननाथ या जिनेश्वर ने पुरी में स्थापित कर दिया। परन्तु एक सदी के बाद उड़ीसा पर दोबारा बुद्ध धर्म छा गया। तभी शायद आज के जगन्नाथ की त्रिमूर्तियों का निर्माण हुआ हो। जनरल कनिंघम ने अपनी पुस्तक 'द एंशियेंट ज्योग्राफ़ी ऑफ़ इंडिया', में लिखा कि इस सम्भावना से इनकार नहीं किया जा सकता कि बौद्ध काल में ये मूर्ति बुद्ध, धम्म और संघ के तीन रत्नों का प्रतीक हो गई हो। जगन्नाथ बुद्ध के प्रतीक हैं, सुभद्रा धम्म की (जो स्त्रीलिंग माना जाता है) और बलभद्र संघ के प्रतीक हैं। परन्तु कुछ लोगों का विश्वास कि जगन्नाथ विष्णु के अवतार हैं, बलभद्र शिव के और सुभद्रा शक्ति की प्रतीक हैं।

आज रथयात्रा के दिनों में जगन्नाथ को दशावतारों के रूप में पूजा जाता है, जिनमें विष्णु, कृष्ण, वामन आदि देवों के साथ भगवान बुद्ध भी शामिल हैं।

सो नीलमाधव जिन्ननाथ से जगन्नाथ बन गए। जगन्नाथ को विष्णु का अवतार बनानें में वैष्णव संत रामानुजाचार्य के भी प्रयास रहे होंगे, जो वैष्णो धर्म के प्रचार के लिए पुरी में कई वर्ष रहे। इस मत से कई विद्वान सहमत हैं।

सच क्या है कोई नहीं जान पाया। निष्कर्ष रूप में कहें तो सारलादास ने जगन्नाथ को नील माधव इसलिए कहा होगा कि सबर जाति के जरा को वह नीले पत्थर या शिवलिंग के रूप में मिला होगा जगन्नाथ के नीलांचल, नील शैल या श्रीशैल नामों का सम्बन्ध नीलमई पहाड़ियों से भी जोड़ा जाता है। सम्भव है कि सबर जाति के किसी आदिवासी ने आन्ध्र प्रदेश श्रीशैलम में कृष्णा नदी के किनारे इस मूर्ति को पाया हो, श्रीशैलम नीलमई पहाड़ियों के शिखरों में से एक है, अत: श्रीशैल, नीलांचल, नीलशैल आदि नाम दिये गए हों क्योंकि उड़ीसा की कोंड और सबर जनजातियाँ तब आन्ध्र प्रदेश तक फैली हुई थी जिसका ज़िक्र उड़ीसा की कई लोककथाओं व लोकगीतों में मिलता है। पुरी को श्रीक्षेत्र कहने के पीछे भी यही कारण हो सकता है, क्योंकि जगन्नाथ मन्दिर न तो पहाड़ी पर स्थित है और न ही इसका रंग नीला है! बहरहाल!

इन तमाम कथाओं, विश्वासों और अनुमानों से यह सिद्ध होता है कि जगन्नाथ विभिन्न मतों, धर्मों और विश्वासों का अद्‌भुत समन्वय है। जगन्नाथ मन्दिर में पूजा-पाठ रीति-नीतियों, एवं व्यवस्थाओं में शैव, बौद्ध, जैन, वैष्णव आदि मतों की विशेषताएँ पाई जाती हैं। इतिहास भी बताता है कि औड्र देश की जनता को समय-समय पर शैव, बौद्ध, जैन, वैष्णव, यहाँ तक कि तांत्रिकों ने भी प्रभावित करने के प्रयास किये हैं। विभिन्न मतों में धार्मिक संघर्ष भी रहा है। भुवनेश्वर के भास्करेश्वर मन्दिर में अशोक के स्तम्भ को शिवलिंग का रूप देने की हास्यास्पद कोशिश भी हुई है, परन्तु ज़्यादातर यहाँ धार्मिक सद्‌भाव एवं सहिष्णुता के ही प्रमाण मिलते हैं। भुवनेश्वर के मुक्तेश्वर-सिद्धेश्वर मन्दिरों में दीवारों पर शिव की मूर्ति के साथ जहाँ रामकृष्ण व अन्य देवी-देवताओं की मूर्तियाँ खुदी हुई हैं वहीं, बुद्ध, जैन, तीर्थंकर की प्रतिमाएँ भी हैं। वैष्णव जगन्नाथ के मन्दिर के प्रांगण में ही पीछे की तरफ़ देवी विमला का मन्दिर है, जिसे दुर्गा-काली का रूप माना जाता है। यहाँ आज भी वर्ष में एक बार पशु बलि दी जाती है। वैष्णव धर्म के अनुयायियों के लिए यह असम्भव एवं अविश्वसनीय है। यहाँ की दीवारों पर खुदी हुई मिथुन मूर्तियाँ

चौंकानेवाली भी हैं और तांत्रिक प्रभाव के जीवंत साक्ष्य भी! कितने आश्चर्य की बात है कि कट्टरपंथी वैष्णव यहाँ तांत्रिकों के प्रभाव को स्वीकार किये बैठा है, लेकिन आश्चर्य के विषय तो और भी बहुत हैं!

यहाँ पुरी में जगन्नाथ की त्रिमूर्तियों को बारह वर्षों के बाद बदला जाता है, उनकी दुबारा प्राण प्रतिष्ठा होती है। 'वासांसि जीर्णानि यथा विहाय, नवानि ग्रहणाति नरोपराणि...' वाले नियम के तहत। श्रीकृष्ण पुराना चोला बदलकर नया चोला पहनते हैं। वे पुरुषोत्तम हैं उनका व्यवहार भी मानवोचित है। श्रीकृष्ण की मृत्यु होती है और मृत्यु के सभी संस्कार विधिवत मनाए जाते हैं। भक्तजनों, पंडे-पुरोहितों की आँखों से धारदार आँसू बहते हैं। बारहवीं-तेरहवीं भी मनाई जाती है। एक विशिष्ट पुजारी आँखों पर पट्टी बाँध जगन्नाथ की मूर्ति के पीछे एक छोटी-सी दरार में से रेशम में यत्नपूर्वक रखी हुई कोई चीज़ निकाल लेता है और बन्द आँखों से ही उसे नई मूर्ति के पीछे की दरार में छिपा देता है। पुरानी मूर्तियों को मन्दिर के पीछे बने गहरे खड्डे में डाल देते हैं। जहाँ बाद में उनका दाह-संस्कार भी होता है। जगन्नाथ की नई मूर्तियाँ उस नीम के तने से बनती है जो चन्दन वृक्ष के साथ उगा हो, जहाँ आसपास नागराज निवास करता हो, जिनकी उड़ीसा के जंगलों में बहुतायत है। ये शायद इस कारण कि नीम की लकड़ी में दीमक आदि कीड़े नहीं लगते। पर जगन्नाथ की मूर्ति में जो वस्तु छिपी है, उस रहस्यमयी चीज़ के बारे में अनुमान ही लगाये जा सकते हैं, क्योंकि कहते हैं, आज तक किसी ने उसे देखा नहीं है।

कुछ विद्वानों का मत है कि यह महात्मा बुद्ध के पवित्र दाँत की तरह कोई प्रतीकात्मक चीज़ है जिसे कलिंग की राजकुमारी हेमामाला, ब्राह्मणों से बचाकर श्रीलंका ले गई थी। पर ब्राह्मण वर्ग यह बात कैसे माने? वे कहते हैं कपड़े में तहाकर रखा हुआ यह तो साक्षात ब्रह्मा ही है।

यहाँ तर्कों की गुंजाइश होने के बावजूद हम उनकी व्यर्थता महसूस करते हैं, क्योंकि हम जानते हैं, धर्म सम्बन्धी हमारी मान्यताएँ, रीति-नीतियाँ, ज़्यादातर श्रद्धा और आस्था की नींव पर ही खड़ी हैं।

आस्था, श्रद्धा और विश्वास की अनुपम मिसाल है, जगन्नाथ की रथयात्रा, जिसमें आज हम शामिल होने आए हैं।

यों तो उड़ीसा विभिन्न पर्वों और उत्सवों की रंगभूमि है पर जगन्नाथ की रथ यात्रा सभी उत्सवों का शीर्षोत्सव है!

आषाढ़ शुक्ल पक्ष द्वितीया! आज के दिन जगन्नाथ अपने भ्राता बलदाऊ और बहन सुभद्रा, अपने-अपने रथों पर सवार होकर अपनी मौसी माँ से मिलने गुंडिचा घर की यात्रा को निकलते हैं। जगन्नाथ अपने पीले-लाल रंगों के उत्तरीयों, ध्वजों व पताकाओं से सजे सोलह पहियों वाले रथ, नन्दीघोष (चक्रध्वज, और गरुड़ ध्वज) पर, सुभद्रा बारह पहियों वाले, लाल-काले वस्त्रों, सुनहरे गोटा-किनारी और ज़री के फूलों से सुसज्जित देवदलन (पद्मध्वज) पर और बलभद्र चौदह पहियों वाले नीले-लाल चीरों व पताकाओं-फूलों से सजाए रथ, हलध्वज, (ताल ध्वज) पर सवार हो जाते हैं। नौ दिनों की इस यात्रा के दौरान जगन्नाथ पतित पावन कहलाते हैं। नव दिनों की इस यात्रा में जगन्नाथ नौ भेष धारण कर लेते हैं जिससे विभिन्न धर्मों व मतों को माननेवाले सभी भक्तों को अपने प्रिय रूपों में देवता के दर्शन मिल जाते हैं। देवता को अपने सामने पाकर भक्त कृतार्थ हो जाते हैं। पतित पावन का जयघोष कर वे अपने सुख-दुख उन्हें सुनाते हैं। इन दिनों गुंडिचा मन्दिर से तीनेक किलोमीटर की दूरी पर स्थित गुंडिचा घर तक लाखों भक्तों की अपार भीड़ को दर्शन ही नहीं देते, बल्कि उनके पाप-शाप-निवारण भी करते हैं।

भक्तों का विश्वास है—रथस्थं वामनं दृष्टां, पुनर्जन्म न विद्यते...। विशाल रथों को भक्त जन स्वयं खींचकर ले जाते हैं और रथ की रस्सियों को छूने मात्र की होड़ाहोड़ी लगी रहती है। मुक्ति इतनी सहज प्राप्य हो, तो उसे पाने का यत्न क्यों न किया जाए?

इस रथ यात्रा में जगन्नाथ के पंडे-पुजारी और सेवक, भगवान को स्वयं सबर जाति के द्वैतापतियों के हाथ सौंपते हैं। पहुंडी के समय जब त्रिमूर्तियों को रत्नवेदी से उतारकर रथों पर चढ़ाने के लिए लिया जाता है उस वक़्त भक्तजन भगवान पर साधिकार प्यार जनित ग़ुस्सा भी दिखाते हैं। जगन्नाथ की

प्रतिमा को पटक-पटक कर रथ तक पहुँचाया जाता है, 'तुम हमारे दुख दूर न करोगे तो कौन करेगा? बोलो! हम जो श्रद्धा और भक्ति से तुम्हारी आस लगाए रहते हैं, तो क्या हमारी नहीं सुनोगे?' ज्यों माँ बिगड़े बच्चे को डाँटती भी हो और प्यार भी करती हो। क्यों न करें? भगवान ने स्वयं को जन के हाथों में समर्पित कर उन्हें समस्त अधिकार जो दिये हैं!

रथयात्रा के नौ दिनों भगवान की सेवा, भोग लगाना, प्रसाद आदि का दायित्व सबर जाति के द्वैतापति ही उठाते हैं। यही जगन्नाथ की इच्छा है, उनका आदेश है, कट्टरपंथी ब्राह्मण भी इस बात को मानते हैं और अवर्णों के हाथ का बना प्रसाद, कंदमूल फल आदि का भोग, जो भगवान को खिलाया जाता है पंडे-पुजारी भी श्रद्धा से ग्रहण कर लेते हैं। आख़िर इस सच को झुठलाया नहीं जा सकता कि जरा कुल के सन्तानों ने ही सबसे पहले, भगवान को खोजा और नील माधव के रूप में पूजा है। उड़ीसा के गजपति राजा अपना रथ छोड़कर पैदल चलकर मन्दिर तक आते हैं और हाथ में झाड़ू लेकर जगन्नाथ का रास्ता बुहारते हैं। इस यात्रा में अहंकार, ऊँच-नीच का भेद-भाव, कुछ काल के लिए तिरोहित हो जाता है। जो काम हमारे राजनेता बड़े-बड़े भाषणों से नहीं कर पाते, वह काम अनायास ही यह यात्रा कर जाती है।

मन्दिर के भीतर के पुजारी, विद्यापति की ब्राह्मण पत्नी की सन्तानें और द्वैतापति, जो रथयात्रा के दिनों जगन्नाथ की पूजा-अर्चना करते हैं, वे विद्यापति की सबर पत्नी की सन्तानें मानी जाती हैं। इन्द्रद्युम्न के जिस ब्राह्मण दूत को सारलादास ने विश्ववसु कहा, विप्र नीलांबर ने उसे विद्यापति नाम दिया है। श्रीकृष्ण रथयात्रा के दिनों में दशावतारों के रूप धारण करते हैं, और विभिन्न मतों और धर्म के भक्तों को समान रूप से दर्शन देकर तृप्त कर देते हैं। उनका व्यवहार मनुष्यों जैसा रहता है। मौसी के पास गुंडिचा घर जाकर वे बीमार हो जाते हैं। मौसी जो प्यार से ख़ूब पकवान खिलाती है, तो बीमार होना ही हुआ न? लेकिन चिन्ता की बात नहीं, गुंडिचा घर में भगवान को पथ्य का भोग लगता है और वे शीघ्र ही स्वस्थ हो जाते हैं। यात्रा के चौथे दिन, हेरा पंचमी को लक्ष्मी अपने पति विष्णु को ढूँढ़ते-ढूँढ़ते गुंडिचा मन्दिर

पहुँच जाती है वहाँ द्वैतापति द्वार बन्द कर देते हैं। लक्ष्मी क्रोध और क्षोभ में रथ का पहिया तोड़ देती है और भूखी-प्यासी, हेरा गोहिरी साही (पुरी का एक मुहल्ला जहाँ लक्ष्मी का मन्दिर है) में लौट जाती है, वहीं भोग भी लगाती है। गुंडिचा घर का अन्न भी नहीं छूती। वापसी की बाहुडा यात्रा में, आषाढ़ शुक्ल दशमी को जब जगन्नाथ वापस अपने श्री मन्दिर लौटते हैं, तो मान और ग़ुस्से में भरी बैठी लक्ष्मी द्वार बन्द कर देती है। जैसे को तैसा व्यवहार तो मिलना ही चाहिए। जगन्नाथ निहोरे करते हैं, पर लक्ष्मी द्वार नहीं खोलती। 'ये अच्छा तरीक़ा है आपका! ख़ुद तो भाई-बहन के साथ मौसी से मिलने गए और मुझे साथ नहीं ले गए। ऊपर से वहाँ मेरा अपमान भी हुआ।' इसकी जवाब-तलबी होती है। अब मेरी बारी है, देखती हूँ भीतर कैसे आओगे? आख़िर जगन्नाथ अपना अपराध स्वीकार कर क्षमा माँग लेते हैं। पत्नी को अपना दाय तो मिलना चाहिए, पर वे भी क्या करें? भारतीय सम्मिलित परिवारों की रीति-नीति से बँधे हैं। पत्नी को लिये-लिये घूमने निकलें तो परिवारजन क्या सोचेंगे? सो जगन्नाथ लक्ष्मी को कुछ भेंट-उपहार देकर मनाते हैं तो वह बन्द द्वार खोल देती है। यहाँ द्वैतापति जगन्नाथ की भूमिका अदा करते हैं और देवदासी लक्ष्मी की भूमिका! यह रूठन-मनौवल का आयोजन भक्तों को भाव-विह्वल कर देता है। जनता की अपार भीड़ जगन्नाथ का जयकारा करती है, जै जगन्नाथ! जय पुरुषोत्तम! तुम्हारे कार्यकलाप निराले हैं। रात-दिन भक्त जनों के सुख-दुख देखने, उनकी समस्याएँ सुलझाने में व्यस्त रहते हो पर अपने सगे-सम्बन्धियों, नाते रिश्तेदारों और अपने जन्मस्थान को नहीं भूलते। आख़िर गुंडिचा घर में ही तो विश्वकर्मा ने उन्हें गढ़ा था सो उसे भूल जाना सम्भव नहीं। वर्ष में एक बार ज़रूर मिलना होता है!

सो सिक्के का एक पहलू बेहद ख़ूबसूरत है जो पारम्परिक सद्भाव, सांस्कृतिक गरिमा, धार्मिक सहिष्णुता और पारिवारिक रंगों से भरपूर है। जो काम बड़े-बड़े प्रचारक और राजनेता लम्बे-धुआँधार भाषणों से नहीं कर सकते, वही काम जगन्नाथ की यात्रा अनायास ही कर देती है। यहाँ धनी-निर्धन सवर्ण-अवर्ण एक हो जाते हैं। मनुष्य से मनुष्यता का रिश्ता भर रह जाता है।

जगन्नाथ की रसोई में, जिसे कुछ लोग संसार का सबसे बड़ा रसोईघर मानते हैं, लाखों लोगों के लिए भोजन पकता है। मिट्टी के हंडों, देगों में सफ़ाई से पका, बिना मिर्च-मसाले का सात्त्विक भोजन, जिसे धनी-निर्धन दोनों प्रसाद मानकर चाव से ग्रहण करते हैं।

लेकिन सिक्के का दूसरा पहलू देखना भी ज़रूरी है, जिस नीलमाधव को छोटी जाति के जरा ने सर्वप्रथम पूजा, रथ यात्रा में सबर जाति के सेवक जिस जगन्नाथ का भोग तैयार करते हैं, जो भगवान, 'लालबेग-सालबेग' नामक दो मुसलमान कोढ़ियों की भक्ति से प्रसन्न होकर, उनका दुख हरने स्वयं मन्दिर से बाहर सीढ़ियों पर आकर उन्हें दर्शन दे गए, और उनका कष्ट हर लिया, जिस भगवान ने हरिजन भक्त 'दस्या बावरी' का भोजन, हाथ लम्बा कर उसके घर से ग्रहण किया, उसी भगवान के मन्दिर के प्रवेश द्वार पर लिखा है कि केवल धर्मनिष्ठ हिन्दू ही भीतर प्रवेश कर सकते हैं। कहते हैं, महात्मा गांधी जब पुरी आए थे, वे भगवान का दर्शन करने मन्दिर के भीतर नहीं गए, क्योंकि हरिजनों को मन्दिर के भीतर जाने की आज्ञा नहीं थी। आज भी अहिन्दू दर्शनार्थी मन्दिर के भीतर नहीं जा सकता, क्योंकि भीतर पंडे-पुरोहितों का राज है जिन्होंने अपनी रीति-नीतियाँ बनाई हैं और उनका पालन वे कट्टरता से करते हैं।

हाँ, आज का युवा वर्ग उनके आचरण से क्षुब्ध होता है और विरक्त भी।

यों यहाँ के कट्टरपंथी पंडों-पुरोहितों के तौर-तरीक़ों ने कट्टर ब्राह्मण परिवार में जन्मे 'महिम गोसाईं' को भी कम निराश नहीं किया था। 1826 ई. में वह आध्यात्मिक अनुभव प्राप्त करने इस मन्दिर में आए थे पर पुजारियों की रीति-नीतियों से विरक्त होकर मूर्तिपूजा और कर्म कांड के विरोधी हो गए। 'अलेख धर्म' या 'महिम मत' इसी विरक्ति की परिणति स्वरूप उपजा था। वही मत, जिसके भक्त कवि 'भीमा भोई' ने कहा था, 'हे भगवन्! मैं सदा के लिए नरक में निवास करने को तैयार हूँ, यदि उससे संसार की रक्षा हो सके।'

क्या भगवान के सच्चे भक्तों को भीमा भोई से प्रेरणा नहीं लेनी चाहिए? या अपने पारम्परिक पद के मद में लिप्त, सत्ता के लोभियों की तरह अपने

अधिकारों का दुरुपयोग करना चाहिए? जगन्नाथ मन्दिर जो विभिन्न धर्मों, और विश्वासों का समन्वित रूप है। जिस रत्नवेदी पर जगन्नाथ विराजते हैं, उसके बारे में कहा जाता है कि वह भगवान बुद्ध की त्रिरत्नवेदी है, बुद्ध धम्म और संघ का प्रतीक! यहाँ की रीति-नीतियों और द्वारों-प्राचीरों पर उत्कीर्ण मूर्तियों में विभिन्न धर्मों को स्वीकृति मिली है फिर यहाँ हिन्दू-अहिन्दू का भेदभाव क्यों होना चाहिए? इस अनूठी यात्रा से जन-जन को मुक्ति मिलती हो या न मिलती हो, पर इतना तो हम जान ही गए कि जन को जन से जोड़ने का अद्‌भुत प्रयास है इन्द्रधनुषी रंगों से सराबोर जगन्नाथ की यह रथ यात्रा!!!